AF393923

Der Schriftsteller **Stefan S. Kassner** hängte im Oktober 2022 seinen Arztkittel an den Nagel und lebt seitdem als hauptberuflicher Autor mit seinem Hund Goliath auf der Sonneninsel Mallorca. Im Oktober 2020 wurde er in die Agentur Ashera aufgenommen und veröffentlich seit 2021 Romane, Novellen und Kurzgeschichten in unterschiedlichen Genres, unter anderem Thriller, Krimi, Cosy Crime, Familiengeheimnis, Familiensaga, (Gay-) Romance, (düstere) Phantastik, Horror, Steampunk und Humor. Dies prägte auch den Slogan des Schriftstellers: „Vielseitigkeit hat einen Namen – Stefan S. Kassner".
Weitere Informationen zum Autor und seinen Projekten unter www.stefan-kassner.de.

STEFAN S. KASSNER

Diving into Love

Erstausgabe April 2025

Copyright © 2024 dp Verlag, ein Imprint der
dp DIGITAL PUBLISHERS GmbH
Made in Stuttgart with ♥
Alle Rechte vorbehalten

Diving into Love

ISBN 978-3-69090-066-9
E-Book-ISBN 978-3-98778-578-8

Covergestaltung: ArtC.ore-Design / Wildly & Slow Photography
Umschlaggestaltung: ARTC.ore Design
Unter Verwendung von Abbildungen von
shutterstock.com: © AmadeaN
freepik.com: © naughtynut
Lektorat: Katrin Gönnewig
Satz: dp DIGITAL PUBLISHERS GmbH
Druck und Bindung: Books on Demand GmbH, Norderstedt

Das Werk darf – auch teilweise – nur mit
Genehmigung des Verlages wiedergegeben werden.

Sämtliche Personen und Ereignisse dieses Werks sind frei erfunden. Etwaige Ähnlichkeiten mit real existierenden Personen, ob lebend oder tot, wären rein zufällig.

Für meine Mutter

Du hast den fantasievollen Knaben in mir gesehen und gefördert, als ich Kind war. Erkanntest den Mann, zu dem ich heranwuchs, und bist diesem mit Respekt, Stolz und Unterstützung begegnet. Allein das ist nicht selbstverständlich und verdient meinen großen Dank.

Dass du aber außerdem nie den Jungen in mir aus den Augen verloren hast und mich fortwährend daran erinnerst, es auch nicht zu tun, zeigt, was für eine großartige Mutter und ein außergewöhnlicher Mensch du bist!

Ich liebe dich aus tiefstem Herzen.

Die Mutter ist der Genius des Kindes.
– Georg Wilhelm Friedrich Hegel

1

Pfiff. Abtauchen. Zug. Pfiff. Abtauchen. Zug. Der Wechsel zwischen der Lautstärke über und der Ruhe unter der Wasseroberfläche faszinierte Dilan jedes Mal aufs Neue. Als wäre sie ein Portal, das von einer Welt in die andere führte, und beim Schwimmen bewegte er sich genau auf dieser Schwelle, trat immer wieder hindurch, um von der einen Welt in die andere einzutauchen.

Er hätte nicht sagen können, welche dieser Welten er mehr mochte. Unter der Oberfläche drangen Geräusche allenfalls dumpf an die Ohren, und auch die Gedanken, die außerhalb drängend waren und seine Aufmerksamkeit an sich zerrten, ließen in ihrer Intensität nach. Es gab nur ihn und den nächsten Zug, der ihn weiter vorantrieb.

Er näherte sich dem Beckenrand, noch zwei, maximal drei Züge, und erlaubte sich, den Kopf nach links zu wenden. Auf der Nachbarbahn schwamm sein ärgster Rivale, mit dem er sich stets ein Kopf-an-Kopf-Rennen lieferte. Aber heute war es anders, denn er konnte Tyler weder neben noch vor sich sehen, was bedeutete, dass er hinter ihm lag.

Das beflügelte Dilan, obwohl sich seine Muskeln bei jedem Zug mit den Armen, dem der mit den Beinen folgte, mit säuerlichem Schmerz meldeten. Er biss die Zähne zusammen. Nur noch ein Zug. Seine Brust brannte, und die Luft in seinen Lungen wurde knapp. Doch dann spürte er den Beckenrand an den Fingerspitzen, wartete den Sekundenbruchteil ab, bis der Vortrieb ihn noch näher herangebracht hatte, sodass er den Rand umfassen und sich daran hochziehen konnte, um gierig Luft in seine Lunge zu saugen.

„Du hast es geschafft!", begrüßte ihn sein Coach. Am Beckenrand hockend, klopfte er Dilan auf die Schulter. „Du hast deine Bestzeit sogar unterboten. Unglaublich!"

„Echt jetzt?" Dilan schob die Gläser der Schwimmbrille auf die Stirn und blickte auf die Stoppuhr, die Matt ihm hinhielt. „Hammer!"

„Zwei Hundertstelsekunden schneller. Da darfst du sehr stolz sein."

„Danke, Matt."

„Danke dir selbst, Junge. Großes Kino. Wirklich!" Matt nickte anerkennend.

„Glückwunsch", hörte Dilan von der Bahn links neben sich.

Er wandte den Blick in die Richtung und erkannte Tyler Walsh.

„Danke", entgegnete Dilan. Tyler war ein schlechter Verlierer, und Dilan überlegte, ob der bewundernde Blick, mit dem Tyler ihn bedachte, wie auch die Glückwünsche aufrichtig waren.

Lass dir das nicht kaputt machen, schon gar nicht von Tyler, entschied seine innere Stimme.

Mit den auf dem Beckenrand abgestützten Händen drückte er sich aus dem Wasser und zog Badehaube und Brille vom Kopf. Ein Vorgang, den er schon so oft durchgeführt hatte, dass er zu einer Bewegung verschmolzen war. Matt reichte ihm ein Handtuch und klopfte Dilan erneut auf die Schulter, nachdem der sich das Handtuch umgelegt hatte. „Ganz großes Kino, wirklich."

Dilan grinste über beide Wangen und blickte zur Tribüne herüber. Dort entdeckte er seine Mom, die in der ersten Reihe saß und ihm eifrig zuwinkte. Dilan freute sich sehr, dass sie es heute geschafft hatte, und streckte ihr zwei erhobene Daumen entgegen. Dass sie ihre wenige Freizeit damit verbrachte, ihn auch noch beim Turnier zu unterstützen, wusste Dilan zu schätzen.

„Dann ab unter die Dusche", sagte Matt, der ebenfalls grinste. „Die Siegerehrung ist in zwanzig Minuten."

Dilan nickte und verließ die Schwimmhalle durch den Gang, der zu den Duschen führte. Er war froh, den Bereich verwaist vorzufinden, um etwas zur Ruhe kommen zu können. Mit dem Rücken lehnte er sich gegen den Druckknopf, der die Dusche aktivierte, und ließ das warme Wasser auf seinen Kopf prasseln, während er die Arme vor der Brust verschränkt hatte und die Augen geschlossen hielt. Auch wenn das Gefühl nicht ganz an das unter Wasser heranreichte, genoss Dilan auch diesen Moment. Wenn das warme Wasser den dumpfen Schmerz in seinen Muskeln linderte, den die hohe Belastung verursacht hatte, und dieser in den nächsten Tagen zu Muskelkater werden würde.

„Bist ja echt gut in Form", hörte Dilan eine Stimme neben sich.

Er neigte den Kopf nach vorne, um ihn aus dem Wasserstrahl der Dusche zu halten, und öffnete die Augen.

Tyler hatte sich unter die Dusche links neben ihm gestellt. Er griff nach Dilans Schulter und drückte sie. „Hast auch ganz schön zugelegt. Kein Wunder, dass du im Wasser abgehst wie ein Delfin mit Chili im Arsch." Er grinste.

Dilan versuchte sich an einem Lächeln. Komplimente verunsicherten ihn. Zudem wusste er nicht, wie ernst dieses gemeint war, da es schließlich von Tyler kam. Sie kannten einander zwar ursprünglich aus dem Schwimmteam und gingen zur selben Highschool, doch vor einem Jahr war Tyler in das Team der Highschool der größeren Nachbarstadt gewechselt. Er behauptete, dort intensiver gefördert werden zu können. Bezeichnenderweise war das die Zeit, als Dilan immer besser wurde und Matt sein Engagement mehr auf ihn konzentrierte.

Dilan war bewusst, dass Matt vor allem beweisen wollte, dass auch er ein Talent aufbauen konnte. Doch da es ihm letztlich zugutekam, war es Dilan recht. Der Erfolg sprach schließlich für sich.

War anfangs Tyler derjenige gewesen, der Dilan in den Duellen der beiden Erzrivalen schlug, als die sie in der lokalen Schwimmerwelt bekannt waren, hatte sich das Blatt seit einigen Monaten gewendet.

So deutlich wie heute hatte Dilan Tyler allerdings noch nie bezwungen. Tyler legte Dilan den Arm um die Schulter und schüttelte ihn leicht. „Ich meine das ernst, bist echt gut in Form."

Dilan war überrascht über die vertraute Geste und argwöhnte, dass Tyler etwas im Schilde führte. Zumindest war er noch nie derart auf Tuchfühlung gegangen.

Er schlüpfte unter Tylers Arm hervor. „Danke, aber wir müssen los, gleich ist doch die Siegerehrung."

Tyler zuckte die Schultern. „Wir haben noch zehn Minuten. Das reicht." Er zog seine Badehose herunter, und Dilan sprang seine Erektion entgegen. „Zeig mal, ob du da auch so gut gebaut bist", sagte Tyler mit einem frechen Grinsen.

Dilan war wie erstarrt. Er glotzte auf Tylers erigierten Penis, dann in dessen Augen. Hatte der Typ sie noch alle? Das hätte er Tyler am liebsten gefragt, ihn angeschrien, dass er gefälligst seinen Schwanz wieder einpacken solle, aber da war ein anderes Gefühl, das sich zu Wort meldete und ihn weitaus fassungsloser machte: Es törnte ihn an! Viel mehr als das: Am liebsten hätte er seine Badehose ebenfalls abgestreift und wäre …

Stopp!, schrie er sich innerlich an. Was würde passieren, wenn Matt oder jemand anderes jetzt zu ihnen in die Dusche käme? Zu allem Überfluss spürte Dilan, dass sich seine Badehose spannte.

„Da will jemand an die frische Luft!" Mit einem anzüglichen Grinsen deutete Tyler auf die sich immer deutlicher abzeichnende Beule in Dilans Badehose.

In Dilan tobte ein Kampf zwischen seiner Begierde, die Tylers Aufforderung am liebsten nachgekommen wäre, und seinem Verstand, der ihn anbrüllte, auf gar keinen Fall darauf einzugehen. Gut möglich, dass Tyler ihn nur provozieren wollte, um anschließend überall herumzuerzählen, dass Dilan eine Schwuchtel war.

Und falls nicht?, meldete sich das Verlangen zu Wort, das pulsierend durch seine Erektion zog und ihm fast den Verstand raubte. Tyler war attraktiv, und Dilan hatte nicht nur einmal von einer Situation wie dieser geträumt und sich darauf einen runtergeholt. Aber es war etwas völlig anderes, sich so etwas auszumalen, als es tatsächlich zu erleben.

Als die Tür zur Dusche aufgestoßen wurde, fuhren die Jungen zusammen. Tyler drehte sich mit dem Gesicht zur Wand und zog im selben Augenblick seine Badehose hoch. Dilan hielt sich, etwas unbeholfen, die Hände vor die Badehose und hoffte, dass niemand bemerkte, was darin vor sich ging.

„Jungs, macht mal hinne. Wir warten schon mit der Siegerehrung auf euch." Es war Matt, der in der Tür stand.

„Sind sofort da." Dilans Stimme klang heiser. Er schnappte sich sein Handtuch und band es sich um die Hüften. Damit fühlte er sich besser, konnte Matt dennoch nicht in die Augen schauen, als er sich an ihm vorbei durch die Tür schob. Ob Matt etwas gesehen hatte?

Ein Gutes hatte der Schreck zumindest – in Dilans Badehose stellte sich zügig wieder Entspannung ein, und er konnte das Handtuch ablegen, bevor er die Mitte des Podestes betrat und die Medaille entgegennahm.

Er betrachtete das glückliche Gesicht seiner Mutter, die ihm, wie die anderen Zuschauer, zujubelte, konnte sich gedanklich aber nicht von der Situation in der Dusche lösen. Eine Mischung aus Erregung und Scham, aber auch Enttäuschung, eine mögliche Chance nicht ergriffen zu haben, als sie sich ihm bot.

Auf dem Weg zur Umkleide spürte er eine Hand am Oberarm und glaubte für einen Augenblick, es wäre Tyler, doch er sah in Bethanys grüne Augen.

„Gratulation, Dilan", sagte sie und zwinkerte ihm zu.

„Danke, Beth."

„Was hältst du davon, wenn wir deinen Sieg feiern? Meine Eltern sind heute Abend nicht da."

„Ich würde gerne, Beth. Aber ich habe meiner Mom versprochen, den Abend mit ihr zu verbringen."

„Wenn du deine Mom mir vorziehst." Bethany verzog spöttisch den Mund, zuckte mit den Achseln und tänzelte ohne ein weiteres Wort davon.

Die meisten Jungs wären begeistert, wenn Beth ihnen Aufmerksamkeit schenken würde – warum gehörst du nicht dazu?

Zu gerne hätte Dilan sich selbst darauf geantwortet, dass es an Bethanys gestylter Fassade und der Fokussierung auf den gesellschaftlichen Status lag, dass er keine Anziehung verspürte.

Legst du nicht gerade selbst die Oberflächlichkeit an den Tag, die du verurteilst, indem du Beth darauf reduzierst?, fragte seine innere Stimme in spöttischem Tonfall.

Eine gute Frage, wie er widerwillig einräumen musste, und dennoch erfasste sie nicht, dass er auch bei Mädchen, die sich weniger „bethlike" inszenierten, wie seine letzte Freundin Gina, stets etwas vermisst hatte.

Einen Moment überlegte er, ob er erneut in die Dusche gehen sollte, um die Chance zu haben, noch einmal auf Tyler zu treffen. Was sollten diese Gedanken? Es war falsch und widerlich, sich so etwas auszumalen, sagte ihm sein Verstand, aber ein Ziehen in seinem Bauch, das bis in seine Lenden zog, sagte etwas anderes. Und das, obwohl er Tyler noch nicht einmal mochte. Er war arrogant und selbstverliebt, jedoch schien das dem

Teil in ihm, der sich immer noch nicht von dem Bedauern lösen konnte, dass er nicht weiter gegangen war, egal zu sein.

Er ging nicht noch einmal in die Dusche, sondern suchte die Umkleide auf. Registrierte mit Verärgerung die Betrübnis, die sich einstellte, da er insgeheim gehofft hatte, Tyler hier zu treffen.

Er streifte die Badehose ab und hoffte nicht zum ersten Mal, diese seltsamen Gefühle ebenso abstreifen zu können.

2

„Kannst du Bethany nicht leiden?"

Dilan hätte sich fast an dem Bissen verschluckt, den er gerade im Mund hatte. Die Frage seiner Mutter traf ihn völlig unvorbereitet. „Was?", fragte er und trank einen Schluck Wasser.

„Ich habe gesehen, dass sie dich nach der Siegerehrung angesprochen hat. Ich weiß nicht, worüber ihr gesprochen habt, aber sie wirkte nicht glücklich mit dem Ergebnis."

Dilan lag eine patzige Bemerkung auf der Zunge, dass das seine Mutter gar nichts anging, aber er war immer noch gerührt, dass sie sich heute extra freigenommen hatte, um beim Wettkampf dabei zu sein. „Sie hat mir nur zum Sieg gratuliert", sagte er und aß noch einen Bissen Maccheroni mit Käse, seinem Lieblingsgericht, das seine Mutter zur Feier des Tages gekocht hatte.

„Es geht mich ja auch nichts an." Seine Mutter lächelte. „Ich dachte nur, weil sie ein wirklich hübsches Mädchen ist."

„Aber auch ziemlich arrogant", erwiderte Dilan.

„Ja, das ist leider bei den meisten hübschen Menschen so. Deshalb bin ich froh, dass du so bescheiden bist."

„Mom!" Dilan wurde rot. Er mochte es nicht, wenn seine Mutter ihm Komplimente machte, er konnte nicht genau sagen, weshalb. Irgendwie war es ihm peinlich, und war es nicht ohnehin so, dass für eine Mutter der eigene Sohn der Beste war?

„Ich meine das ernst." Die Miene seiner Mutter mit den zusammengezogenen Augenbrauen unterstrich das Gesagte. „Du bist ein gut aussehender Junge, Dilan. Deshalb finde ich es gut, dass du nicht mit jeder anbandelst."

Dilan nickte und hoffte, dass das Thema damit abgehakt war. Er liebte seine Mom, aber über Mädchen wollte er nicht mit ihr diskutieren.

„Dann iss in Ruhe weiter." Seine Mutter tätschelte ihm den Arm.

„Du gehst?", fragte er mit halb vollem Mund.

„Sorry, Schatz. Ich konnte zwar die Schicht bei Walmart mit Edith tauschen, aber in die Bar muss ich heute trotzdem."

Dilan nickte. „Ist schon okay."

„Wirklich?"

„Klar, Mom." Dilan schenkte seiner Mutter ein Lächeln. „War super, dass du heute dabei warst. Und ich weiß, dass du das für uns machst." Und dass das Geld trotzdem nicht reicht, hätte er fast noch hinzugefügt.

„Fand ich auch, und dann auch noch so ein Rennen." Sie drückte Dilan an sich. „Ich bin so unglaublich stolz auf dich."

„Danke, Mom."

„Ich muss los", sagte seine Mutter mit Blick auf die Uhr. „Hast du heute noch was vor?"

Dilan zuckte mit den Schultern. „Ich glaube, ich lege mich auf die Couch und streame irgendwas."

„Hast du dir auch verdient", sagte seine Mutter und klopfte ihm auf die Schulter. „Dann bis morgen. Räumst du den Teller in die Spülmaschine?"

„Klar. Bis morgen."

Seine Mutter verließ die Küche, und kurze Zeit später fiel die Haustür ins Schloss. Wieder einmal dachte er, wie lächerlich sich dieses Geräusch anhörte, als würde man den Deckel einer übergroßen Konservendose zufallen lassen. Ein seltsam scheppernder Laut. Auch nach den Jahren, die sie hier lebten, erschien sie Dilan immer noch wie eine Requisite, wie ihr gesamtes Haus, das den Namen ebenso nicht verdiente.

Die Vorhänge mit Karomuster am Küchenfenster, das eher eine Luke war und die seine Mutter einmal im Monat wusch, damit sie nicht zu sehr den Küchengeruch in sich trugen, der sich beim Kochen im gesamten Domizil verbreitete. Die Poster mit Aufnahmen von Grand und Bryce Canyon an den Wänden – seine Mom gab sich wirklich Mühe, ihr Zuhause wohnlich zu gestalten. Obwohl der Frühling sich bereits ankündigte, wurde es nachts noch kühl, und während er am Küchentisch saß, kroch die Kälte durch die dünne Außenhülle und die Türen seine Beine hinauf.

Kaum zu glauben, dass in wenigen Monaten solche Hitze herrschen wird, dass man denkt, man ist in einem Backofen, dachte er und schüttelte den Kopf.

„Sie möchten das authentische Texas-Erlebnis? Dann ist dieser Trailer genau das Richtige für Sie. Im Winter frieren Sie sich die Eier ab und im Sommer werden Sie gar gekocht." Er grinste breit. „Wäre doch ein toller Werbespot", murmelte er und schüttelte kichernd den Kopf.

Er stellte seinen Teller in die Spülmaschine, ging rüber ins Wohnzimmer und ließ sich auf das Sofa plumpsen, das seiner Mutter in der Nacht als Bett diente. Ihm überließ sie das einzige Zimmer neben Wohnzimmer, Küche und Bad. Eine kleine Kammer mit einem winzigen Fenster, in die kaum mehr als sein Bett passte, dennoch war er sich des Privilegs bewusst.

Dass er nach der Anstrengung des Nachmittags erledigt war, war nicht der einzige Grund, warum er heute für sich bleiben wollte. Was Matt zu ihm gesagt hatte, kurz bevor Dilan zu seiner Mutter ins Auto gestiegen war, arbeitete in ihm. „Du hast dich in den letzten Monaten weiter verbessert." Er hatte Dilan eine Hand auf die Schulter gelegt. „Damit hast du tatsächlich Chancen auf ein Stipendium."

Das war Dilans großer Traum: ein Stipendium für das Austin College in der Hauptstadt. Die Stätte, die viele Profi-Schwimmer, sogar Olympia-Teilnehmer, hervorgebracht hatte. Wenn er als Sportler erfolgreich würde, könnte er genug Geld verdienen, um seine Mutter aus diesem Trailerpark herauszuholen. Das war sein größter Wunsch.

Er zappte von Amazon zu Netflix, aber keiner der Inhalte konnte ihn von seinen Gedanken ablenken, die immer wieder die Szene unter der Dusche mit Tyler durchgingen.

Der Wasserstrahl der Dusche prasselt in Zeitlupe auf Tylers Kopf, perlt über das Gesicht und sammelt sich zu Tropfen, die von seiner Nasenspitze fallen, während der Blick aus seinen braunen Augen ihn taxiert. Tyler streift die Badehose herunter, dieses Mal ganz, und kickt sie mit dem Fuß zur Seite, wobei er den Mund zu

*einem schiefen Grinsen verzieht, das Dilan ein Krib-
beln beschert, welches seinen Körper vom Scheitel bis
zu den Zehenspitzen durchläuft.*

*„Zeig mir, wie gut du in Form bist", sagt er und kommt
auf Dilan zu. Drängt sich an ihn und schließlich gegen
die gekachelte Wand. „Zeig mir, was du hast, Sexy." Er
stöhnt, die Lippen nah an Dilans Ohr.*

*Und in seiner Fantasiewelt traut Dilan sich, zieht sich
ebenfalls die Hose herunter und spürt, wie sein Penis
Tylers berührt.*

*„Na endlich", sagt Tyler. „Wurde auch Zeit." Mit der
einen Hand fasst er Dilans, mit der anderen seinen
Schwanz, und die Vorstellung ist so real, dass Dilan tatsächlich glaubt, die Berührung zu spüren, ebenso
Tylers stoßweise gehenden Atem an seinem Hals.*

*Mit der Zunge fährt Tyler den Hals, dann die Brust
hinab bis zu Dilans Brustwarzen, die er leckt und küsst.
Dann weiter hinab, bis er vor Dilan in die Knie geht.
„Darauf warte ich schon lange", sagt er und sieht von
unten zu Dilan hoch.*

*Dieser Ausdruck in seinen Augen, das Verlangen, ist
ebenso heiß wie das Bild, als er den Mund öffnet, um
Dilans Penis darin aufzunehmen.*

Sosehr Dilan auch versuchte, die Bilder zur Seite zu
schieben, sie blieben vor seinem geistigen Auge, liefen
dort in Endlosschleife ab, bis die Erektion in seiner
Hose fast schmerzhaft pulsierte. Er masturbierte dreimal, bis das drängende Verlangen so weit unter Kontrolle war, dass er, zumindest halbherzig, einer Serie
folgen konnte. Was war nur los mit ihm? Es war nicht
das erste Mal, dass er solche Gedanken hatte. Bis vor einigen Jahren hatte er sich damit herausgeredet, dass

das in seinem Alter normal wäre. Aber jetzt? Er war achtzehn. Sollte er sich da nicht eindeutig und ausschließlich zu Mädchen hingezogen fühlen?

Ob er Devon und Sidney anrufen und fragen sollte, was die heute vorhatten? Immerhin war Samstagabend. Nicht dass es bei ihnen im Dorf irgendetwas gegeben hätte, was sie hätten unternehmen können, außer im Auto auf dem Parkplatz eines Fastfood-Ladens am Stadtrand zu sitzen, Musik zu hören und Bier zu kippen, wenn man denn an welches kam. In Texas musste man nämlich einundzwanzig Jahre alt sein, um Alkohol kaufen zu können. An Bier zu kommen, wäre jedenfalls kein Problem gewesen. Devon und Sidney hatten ältere Brüder, die für ein gewisses Honorar gerne den Bierboten spielten und manchmal auch Whisky oder Wodka beschafften.

Aber Dilan war immer noch nicht nach Gesellschaft. Besonders, weil Sidney und Devon meist auf Krawall aus waren, entweder irgendetwas zerstörten oder sonst wie Druck abließen. Das war nicht Dilans Ding, aber wenn er dabei war, musste er sich wohl oder übel beteiligen. Beim letzten Mal hatten sie die Reifen von Mrs. Bricks Auto aufgestochen. Dilan war noch nicht einmal klar gewesen, warum ausgerechnet ihre Biologielehrerin das Opfer war, denn sie war eine der wenigen Lehrkräfte, die sich wirklich engagierte und der die Schüler am Herzen lagen. Sie waren zwar nicht erwischt worden, und Dilan war auch nur dabei gewesen. Dennoch konnte er ihr bis heute noch kaum in die Augen schauen.

Nachdem er das Handy aus der Tasche gezogen hatte, loggte er sich bei Instagram ein. Die App verkündete, dass zwei Nachrichten eingegangen waren. Die eine war von Bethany:

Solltest du es dir doch noch anders überlegen, du hast ja meine Nummer.

Dilan seufzte. Seine Mutter hatte recht. Bethany war hübsch. Was kümmerte es ihn, ob sie arrogant war? Vielleicht war ein Treffen mit Bethany genau das Richtige, um ihn auf andere Gedanken zu bringen?

Er tippte eine Antwort, war sich jedoch unsicher, die abzuschicken. Stattdessen rief er die andere auf. Sie stammte von Tyler.

Vielleicht bist du ja doch mutig und meldest dich?

Kribbelnd schoss Aufregung in seinen Bauch. Meinte Tyler das, was Dilan dachte? Oder interpretierte er das nur hinein? Irgendwie war das eine ähnliche Situation wie heute unter der Dusche. Wer konnte bei jemandem wie Tyler schon wissen, ob er etwas so meinte? Tyler gehörte zu den Typen, die gerne provozierten, die stets versuchten, aufzufallen. Die lieber aneckten und Ärger kassierten, als übersehen zu werden. Gehörte das hier in die gleiche Kategorie? Wollte er von Dilan nur eine Reaktion bekommen, um ihn dann vorzuführen?

Dilan starrte auf das Display, las noch einmal Tylers Nachricht, dann Bethanys. Ihm war, als wäre er zweigeteilt. Sein Verlangen in seinem Bauch und seinem Penis, der sich wieder in Erinnerung rief, riet ihm, Tyler zu antworten und zu sehen, wohin es führte. Sein Kopf und Verstand hingegen sagten ihm, er solle Bethany antworten.

So verharrte er einige Minuten, schleuderte schließlich wütend das Handy in die Ecke des Sofas. Dieses beschissene innere Chaos! Er sprang auf und ging vor dem Fernseher auf und ab.

Er musste raus, sich auspowern, obwohl er eigentlich kaputt war. Doch er wusste, dass er nur zur Ruhe kommen würde, wenn er so richtig platt war. Er schlüpfte in seine Laufschuhe, Trainingshose und Shirt trug er ohnehin bereits, griff seinen Schlüssel vom Haken an der Wand und stieß die Tür auf.

Es dämmerte, doch war es eine laue Frühlingsnacht. Er schloss die Tür hinter sich ab und trabte los. Durchquerte den Trailerpark, in dem er mit seiner Mutter wohnte und der außerhalb der Stadt lag, die mehr ein Dorf war, und schlug den Weg ein, der um den Park herumführte.

Er dachte an Coach Matt und das Stipendium, fragte sich, ob er tatsächlich eine Chance hatte. Wie es wäre, dieses gottverlassene Kaff zu verlassen und nach Austin zu ziehen? Ob seine Mom ohne ihn zurechtkäme?

Immer wieder schob sich Tylers grinsendes Gesicht zwischen seine Gedanken und die Szene unter der Dusche. Jedes Mal, wenn das geschah, legte Dilan einen Spurt ein, rannte, bis schwarze Punkte vor seinen Augen tanzten.

So legte er mehrere Runden zurück. Er zählte sie nicht. Das war unerheblich, wenn er lief, um den Kopf freizubekommen, und als er vornübergebeugt, keuchend, die Hände auf den Oberschenkeln abgestützt, am Eingang des Trailerparks zum Stehen kam, stellte er zufrieden fest, dass es ihm erneut gelungen war.

Auf pochenden Beinen taumelte er nach Hause zurück, ließ sich auf das Sofa fallen und schlief unmittelbar ein.

3

„Alter, jetzt geh schon zu ihr rüber!“ Um seine Aufforderung zu unterstreichen, erhob sich Sidney und haute Dilan gegen die Schulter.

Sie saßen beim Mittagessen in der Schulkantine, und seine Freunde hatten Bethanys Blick bemerkt, der auf ihm lag und in dem sich Dilans Ansicht nach eine Mischung aus Interesse und Ärger widerspiegelte.

Nachdem er gestern auf dem Sofa eingeschlafen war, hatte seine Mutter ihn geweckt, als sie von ihrer Schicht in der Bar heimkam. Das war am frühen Morgen oder spät in der Nacht gewesen, wie auch immer man das betrachten wollte, und Dilan war auf tauben Beinen ins Bett gestolpert und unmittelbar in den Traum zurückgekehrt, der selbst heute in der Schule an ihm klebte wie ein Kaugummi im Haar.

Natürlich ging es weiterhin um Tyler und die Szene in der Dusche, wobei sich das Erlebnis mittlerweile auf Filmlänge ausgeweitet hatte und inhaltlich alles bot, was man von einem Schwulenporno erwartete.

Egal, wie oft er sich anschrie, dass es völlig gestört war, eine solche Obsession für Tyler Walsh zu entwickeln, sein Verlangen ignorierte das. Ganz im Gegenteil. Es war mittlerweile zu einer Stimme angewachsen, die ihm wiederkehrend mitteilte, dass gestern die

Chance gewesen war. Und er immer noch die Möglichkeit hatte, sie umzusetzen.

Du musst Tyler nur eine Nachricht schreiben oder zu ihm gehen. Wenn es so einfach wäre, dachte er, und nicht zum ersten Mal schob sich der Gedanke in den Vordergrund, dass das schwierige Verhältnis zu seinem Kontrahenten eben nicht nur an der Rivalität lag. Es war deutlich einfacher und besser, es darauf zurückzuführen.

Aber eben nicht die Wahrheit, flüsterte seine innere Stimme, und die Hitze, die in ihn fuhr, ließ Dilan wissen, dass sie recht hatte.

Ebenso wie er wusste, dass er Tyler nicht nur mied, weil sie Feinde waren.

Alter, das ist wohl die Untertreibung des Jahrhunderts, hörte er Sidneys Stimme in seinem Kopf, obwohl er weder ihn noch Devon jemals in diese Gedanken einbeziehen würde. Niemanden. Im Grunde wollte er sich noch nicht einmal selbst damit beschäftigen.

Er hob den Blick, um Sidney etwas zu entgegnen, und als wollte das Schicksal ihm etwas mitteilen, sah er Tyler, der am Nachbartisch saß. Zwischen den Schönen und Reichen, wie Devon es stets ausdrückte. Die einzelnen Gruppierungen der High School blieben meist unter sich. Eine Gruppenbildung, die Dilan peinlich fand und bewusst durch Nichtbeachtung torpedierte.

„Was ist denn mit dir los?", fragte Devon und betrachtete Dilan zweifelnd.

„Sag nicht, dass du nicht auf Bethany stehst." Sidney sah Dilan fragend an.

„Na klar. Bethany ist heiß." Die Worte verließen Dilans Mund wie die vorgefertigten Verse, die im Gottesdienst gesprochen wurden. Weil es sich gehörte, jedoch ohne dass ihnen Leidenschaft innewohnte.

„Also, was ist das Problem?" Devon warf die Hände in die Luft. „Wenn sie mich so ansehen würde ..." Er beendete den Satz nicht, sondern grinste breit, was unmissverständlich war: Dilans Zurückhaltung war seinen Freunden nicht nur fremd, sie würden ihre Chance bei Bethany ergreifen, hätten sie denn eine.

Dilan sah von Devon zu Sidney, seinen Freunden, die so anders als er waren, was bereits auf den ersten Blick auffiel. Mit ihren durchschnittlichen Gesichtern und Körperformen, nicht sportlich, aber auch nicht übergewichtig, würde man wohl annehmen, sie passten nicht zu ihm. Hinzu kam ihre Begeisterung für Computer- und Rollenspiele sowie Comics, anstatt für körperliches Training, was Dilan liebte. Und dennoch blieben Sidney und Devon außerhalb des Rasters, was Dilan Respekt abnötigte, da es dazu führte, dass sie von anderen nicht belästigt wurden, ohne jedoch vollkommen außen vor zu sein.

„Alter, dann geh rüber!" Mit dem Kinn deutete Sidney in Richtung Beth. „Die zieht dich ja aus mit ihren Blicken."

„Und warum soll es dabei bleiben?" Devon formte die Hände, als würde er nach zwei Orangen greifen. „Ich würde alles dafür geben, ihre Möpse mal anfassen zu dürfen. Die Frau hat einen Body." Er gab ein Stöhnen von sich und fuhr sich anschließend mit den Händen durch das violett gefärbte Haar, wobei ihm fast die schief aufgesetzte Basecap vom Kopf rutschte.

Busenfixiertheit war wohl etwas, das die meisten Jungs in Dilans Alter vereinte, aber Devon war von Brüsten nahezu besessen. Er las nicht nur am liebsten Mangas, die sich dem Thema intensiv widmeten, in seinem Zimmer hingen unzählige, von ihm angefertigte Zeichnungen von Mädchen, die im Grunde nur aus Titten bestanden, wie Sidney es gerne ausdrückte.

Du bist dafür von Tyler besessen!, rief seine innere Stimme Dilan in Erinnerung, als wäre es nicht bereits ausreichend, dass ihm in Situationen wie diesen bewusst wurde, wie wenig er die Begeisterung für die Attribute des weiblichen Körpers teilte.

Womöglich war es ein Akt, um diesem Gefühl der Andersartigkeit zu begegnen. Oder hast du Angst, wieder zu Tyler zu schauen und an dessen Blick hängen zu bleiben?, fragte er sich.

Ohne ein weiteres Wort stand Dilan auf und ging zu Bethany rüber, die im Kreis ihrer Freundinnen, allesamt Cheerleader, deren Anführerin sie war, am Tisch neben dem der Sportler und damit Tylers saß.

Aus dem Augenwinkel registrierte er, wie Tyler sich ihm zuwandte, und glaubte, Enttäuschung in dessen Miene zu erkennen, doch er zwang sich, Bethany anzuschauen, die ihn mit hochgezogener Braue empfing.

„Kann ich dir helfen?", fragte sie, ohne die Freude über Dilans Kommen in ihrem Tonfall verbergen zu können, sodass die eigentlich schnippisch gemeinte Frage weniger hart rüberkam.

„Ich dachte, vielleicht hast du die Tage ja mal Zeit für ein Treffen?" Er fixierte Bethanys Gesicht und ignorierte die Hitze der Aufregung, die die Blicke ihrer

Freundinnen verursachten, ebenso wie das einsetzende Getuschel, das allesamt ihm galt.

„Hmm", machte Bethany und zog betont angeödet ihr Handy aus der pinkfarbenen Handtasche. Passend zum gleichfarbigen Lipgloss, der ihren Mund auf seltsame Art wirken ließ wie einen mit Zuckerguss glasierten Donut. Immer wieder wurde getuschelt, dass sie sich die Lippen aufspritzen ließ, was Bethany niemals kommentierte. Obwohl Dilan die Vorstellung albern, ja fast erschreckend fand, dass sich sowohl Mädchen als auch Kerle in seinem Alter bereits derart „verschönern" ließen, musste er zugeben, dass ihm Bethanys gleichgültige Art imponierte, mit der Vermutung umzugehen. „Ich muss mal schauen, ob ich Zeit habe." Bethany dehnte die Worte, um ihnen einen gelangweilten Unterton zu verleihen.

Obwohl Dilan am liebsten gesagt hätte, dass es sich erledigt hatte, ertrug er die Situation, als müsste er einem kalten Regenschauer trotzen. „Okay. Du kannst dich ja melden, wenn du es weißt", sagte er, ohne seinerseits verärgert oder enttäuscht zu klingen. Letzteres fiel ihm leichter als Ersteres, zumal ein Teil von Bethanys Fanclub, wie seine Freunde und er die Cheerleadertruppe nannten, hinter vorgehaltenen Händen zu kichern begann.

Es war klar, dass ihre Chefin ihnen eine Show auf seine Kosten bot und ihn außerdem dafür büßen lassen wollte, dass er auf ihre Einladung nach dem Wettkampf nicht eingegangen war.

„Alter, das sah übel aus." Sidney schüttelte mitleidig den Kopf, als Dilan an ihren Tisch zurückkehrte.

„Absolut. Tat fast weh." Devon hob beinahe angewidert die Oberlippe und wickelte sich eine Locke seines derzeit violetten Haares um den rechten Zeigefinger. Eine von vielen, die unter der schwarzen Basecap, die er trug, hervorlugte. Eine ohne Markenkennung selbstverständlich. Devon betonte stets, dass er für keine Firma Werbung laufen würde, und Dilan konterte meist, dass die sicherlich darauf verzichten konnten.

„Leckt mich!" Anstatt sich zurück auf seinen Stuhl fallen zu lassen, nahm er sein Tablett mit dem halb gegessenen Burger und ging damit zum Mülleimer.

Er ignorierte die Rufe seiner Freunde, was zum Teufel mit ihm los sei, und dass er sich beruhigen sollte. Pfefferte stattdessen das Essen, das eigentlich zu seinen Lieblingsgerichten gehörte, in den Müll und wünschte, den Orkan der Gefühle, der in ihm tobte, ebenfalls dorthin befördern zu können.

Was nützen einem diese verdammten Emotionen, dachte er bitter, wenn sie dich um den Verstand bringen?

Ohne sich noch einmal umzudrehen, steuerte er auf den Ausgang zu. Er versuchte, sich einzureden, dass er aus Peinlichkeit die Blicke derjenigen vermied, die die Aktion mitbekommen hatten.

Doch in Wahrheit war es nur ein Blick, den er fürchtete und der eine ganz andere Reaktion bei ihm auslösen würde. Und dennoch meinte er zu spüren, dass Tyler ihm hinterherstarrte.

4

„Coole Playlist." Er wusste, dass es nicht das war, was Beth hören wollte. Eine Aussage, die ebenso gut in diese Situation passte wie ein Gespräch über das Wetter oder den Präsidenten.

Aber es fühlte sich besser an, die peinliche Stille, die sich in den letzten Minuten häufiger zwischen sie legte, mit Worten zu füllen, als sie bestehen zu lassen.

Ihm war klar, was Beth erwartete. Was jeder von ihm erwartete. Um ehrlich zu sein, sogar er von sich selbst. Dennoch – seine Gedanken, ja sogar der Körper verweigerte sich dem Willen der Allgemeinheit.

Das war der Grund, weshalb er diese Situationen mied, obwohl er sich nicht über mangelndes Angebot beklagen konnte. Umso mehr wurde ihm in diesen Momenten bewusst, dass er allenfalls mit Willenskraft erfüllen konnte, was andere zur Ekstase brachte. Und er hasste sich dafür.

Verabscheute das Begehren, das sich etwas anderes ersehnte. Verfluchte seinen verdammten Penis, der steif wurde, wenn er einen durchtrainierten Kerl wie Tyler sah, aber nicht bei einem heißen Mädchen wie Beth.

„Die läuft auch weiter, ohne dass du auf den Bildschirm starrst", flüsterte ihm Beth, die in seinem Rücken auf dem Bett saß, nahe in das Ohr, sodass der dabei ausströmende Atem kitzelte und ihn schaudernd zusammenfahren ließ.

Das wertete Beth wohl als Zustimmung, denn kurz darauf spürte er ihre Lippen an seinem Hals und wie sie den anschließend mit der Zunge abfuhr.

„Weg mit dem Shirt", hauchte sie. „Ich will unbedingt deinen Oberkörper sehen. Der geht mir seit dem Wettkampf nicht mehr aus dem Kopf."

Augen zu und durch!, rief Dilan sich zu und wäre um ein Haar in ein hysterisches Lachen ausgebrochen. Wie absurd ist bitte diese Situation?, fragte er sich. Während der Großteil der Jungs an seiner Highschool alles dafür geben würde, bei Beth zu landen, musste er sich Mut zusprechen, als stünde ein Sprung in eiskaltes Wasser an.

Als Beth und er sich küssten, fuhr ein Kribbeln der Aufregung durch seinen Körper, das gänzlich anders war als das, was er bei Tyler empfunden hatte, aber er bemühte sich, diese Wertung zu ignorieren. Schöpfte Mut, als er endlich eine Erektion spürte, die sich weiter ausprägte, als Beth sich an seiner Hose zu schaffen machte.

„Lass mich machen", flüsterte sie, zog zunächst ihren Pullover über den Kopf und dann den Reißverschluss seiner Jeans herunter, während Dilan sich mit dem Oberkörper auf das Bett zurückfallen ließ. Er schloss die Augen und kämpfte gegen die Bilder an, die sich in seinen Kopf drängten.

Tyler und er unter der Dusche, wie sie einander die Badehosen herunterzogen, um übereinander herzufallen wie ausgehungerte Wölfe über geschlagene Beute. Ein Kampf an zwei Fronten. Der eine mit dem Ziel, durch einen Gedanken nicht erregt zu werden, und der andere in der Realität mit dem gegenteiligen Ziel.

„Was ist denn da los?"

Er schlug die Augen auf und stemmte im selben Augenblick den Oberkörper mit den Ellenbogen hoch.

Die Nase gekräuselt und mit hochgezogener Oberlippe starrte Beth ihn an. „Kannst du etwa nicht?" Sie setzte sich vollends auf und verschränkte die Arme vor der Brust, die nur noch mit dem BH bekleidet war. „Also, an mir liegt das sicherlich nicht. Bislang gab es da keine Probleme." Ein verächtliches Schnauben entfuhr ihr, und sie beugte sich herunter, um den Pullover aufzuheben, der vor dem Bett lag.

Weder der Ärger noch die Kränkung über ihre Worte fuhren eiskalt in seinen Körper und ließen ihn aufspringen, sondern die Angst, dass damit die Katze aus dem Sack war. Um ehrlich zu sein, exakt das war der Grund gewesen, weshalb er das Treffen mit Beth vermieden hatte. Und nicht nur mit ihr. Er ging bereits seit einiger Zeit Mädchen, die mehr wollten, aus dem Weg.

Wenn sie das in der Schule erzählte, von Dilan, der bei ihr keinen hochbekommen hatte, war es für ihn vorbei. Alle würden ihn anstarren und ebenfalls fragen, was mit ihm nicht stimmte. Und dann würde die Erklärung nicht lange auf sich warten lassen, der Verdacht, der bereits länger in ihm lauerte. Ihn mit rot glühenden Augen aus der Dunkelheit seiner Seele anfunkelte und nur darauf wartete, mit scharfen Klauen hervorzuspringen, um sich in ihm festzukrallen.

Zu spät, dachte er und wusste sogleich, dass es zutraf. Was dort auf ihn wartete, musste weder erst hervorspringen noch sich an ihm festkrallen. Es war bereits Bestandteil seines Selbst. Etwas, das er zwar weiterhin nicht wahrhaben wollte, aber nicht mehr lange würde verleugnen können.

„Ich nehme Medikamente", sagte er mechanisch.

Beth runzelte die Stirn. „Was für Medikamente?"

„Für den Sport." Kaum hatte er das ausgesprochen, wusste er, dass er alles nur noch schlimmer machte. Er verleugnete nicht nur sich selbst, sondern beschmutzte das, was er und Trainer Matt erreicht hatten. Denn das Gerücht, dass ein guter Sportler leistungssteigernde Substanzen zu sich nahm, kam ohnehin zügig auf, wenn er Erfolge verzeichnete, und die Folge konnte sein, dass er aus dem Schwimmteam flog.

„Also keine Anabolika oder so ein Scheiß", sagte er hastig hinzu. Mit der Zungenspitze befeuchtete er seine trockenen Lippen und zwang sich, ihrem Blick standzuhalten. „Es ist nur etwas gegen die Akne."

„Akne?" Ihre Miene verriet, dass sie ihm kein Wort glaubte.

„Ich habe ziemlich empfindliche Haut, und da ich so oft im Chlorwasser bin …" Er schluckte geräuschvoll. „Das Mittel ist sozusagen ein Hautschutz. Ich würde sonst aussehen, als hätte ich die Krätze." Er zwang seine Mundwinkel zu einem Lächeln, von dem er wusste, dass es so gespielt wirkte, wie es war.

Beth hob eine Braue, die damit ihre Oberlippe kopierte, die weiterhin spöttisch die Vorderzähne entblößte. „Aha. Und das macht dich impotent?"

„Impotent? Also, das ist doch ..."

„Wie würdest du das denn sonst bezeichnen?" Sie deutete auf seinen schlaffen Penis, der immer noch frei lag und wie das Opfer an einem Tatort wirkte.

Zügig zog er die Unterhose hoch, um ihn zu bedecken, und wünschte, er könnte sich vollkommen unter einem Tarnumhang verbergen. Am liebsten hätte er eines der Blitzdinger aus der Tasche gezogen, die die Men in Black benutzten, um bei Passanten die Erinnerung an Außerirdische zu löschen.

Ein Außerirdischer, dachte er, irgendwie passt das ganz gut, ich fühle mich tatsächlich wie einer.

„Bitte erzähl es keinem. Ich nehme das Mittel noch nicht so lange und werde mit meinem Arzt sprechen. Aber er hat von Nebenwirkungen gesprochen." Obwohl er immer noch kein Shirt trug, war ihm unglaublich heiß.

„Aha. Und seit wann willst du diese Akne haben?" Beth zog ihren Pulli über den Kopf. „Ich bin schließlich seit Monaten bei deinen Wettkämpfen und habe nie welche gesehen."

„Vorher hatte ich ein anderes Mittel, aber das wurde vom Markt genommen."

Ihr Blick glich sengenden Sonnenstrahlen, unter denen er glaubte, schmelzen zu müssen. „Hau einfach ab", sagte sie dann und wandte sich von ihm ab.

Er streifte die Sneaker über und griff nach seinem Hemd. Immer noch sah sie ihn nicht an. Kurz überlegte er, seine Bitte, nichts zu sagen, zu wiederholen. Aber es war ohnehin unwahrscheinlich, dass sie sich daran hielt.

Du hast ihren Stolz verletzt, sagte er sich und wusste, dass dies so ziemlich das Schlimmste war, was man einem Mädchen wie Beth antun konnte.

Nein, es würde nichts nutzen. Wie es weiterging, lag nicht mehr in seiner Hand. Und obwohl ihm die Gewissheit flau in den Magen fuhr, war da noch ein anderes Gefühl: eine seltsame Erleichterung.

5

Alle wissen Bescheid!

Die Ahnung sprang ihn aus jedem Getuschel hinter vorgehaltener Hand an, aus jedem Blick, der ihm zugeworfen wurde, und aus dem Gelächter, das er hörte, als er das Schulgebäude betrat.

Der Weg zu seinem Flurspind geriet zum Spießrutenlauf, und er wünschte sich erneut den Tarnumhang wie bereits gestern in Beths Bett, nach dem Ereignis, dessen Folgen er heute ausbaden musste.

Von hinten wurde ihm ein Arm um die Schultern gelegt.

„Na, Alter, wie war es denn mit Beth?" Es war Devon, der ihn angrinste.

„Hast du es ihr ordentlich besorgt?" Obwohl sein Kopf durch die offen stehende Spindtür verborgen wurde, wusste Dilan, dass die Stimme zu Sidney gehörte. Nicht nur, da er sie kannte, sondern weil seine beiden Freunde nahezu ausschließlich im Doppelpack auftraten.

Das hatte zeitweise sogar zu Gerüchten geführt, von denen Dilan nun fürchtete, dass sie über ihn die Runde machten. Der Unterschied war nur, dass Sidney und Devon dem gelassen gegenübergestanden hatten, da deren Unwahrheit für sie außer Frage stand, und schließlich hatte sich das auch durchgesetzt.

Aber in deinem Fall.

Mehr Worte von seiner inneren Stimme bedurfte es nicht, dass es ihm eiskalt den Rücken herunterlief. Es war etwas anderes, ob Behauptungen aufgestellt wurden, die widerlegt werden konnten, oder ob sich die als die Offenbarung eines gut gehüteten Geheimnisses herausstellten.

Doch die Nachfrage seiner Freunde bedeutete, dass sich das gestrige Erlebnis noch nicht bis zu ihnen rumgesprochen hatte. Entweder noch nicht, oder Beth hatte es tatsächlich für sich behalten.

Das sorgte dafür, dass er sich ein wenig besser fühlte und Mut schöpfte. „Es war heiß", sagte er und zwinkerte seinen Kumpels vielsagend zu.

Er ignorierte die Gewissensbisse, dass er sie belog. Einerseits war es nicht die erste Lüge dieser Art, und andererseits würde ohnehin so viel über ihn hereinbrechen, wenn Beth sein Versagen doch überall kundgetan hatte, da kam es darauf auch nicht mehr an.

Viel entscheidender aber war ein Geistesblitz, der ihn kurz zuvor ereilt hatte. Denn seine Schwierigkeiten fielen auch auf die Schulschönheit zurück. Zumindest wusste er, dass es in vielen Köpfen und vor allem in Beths so war. Unfair, klar, aber sie würde nicht wollen, dass daraus entstand, sie habe es nicht draufgehabt, ihn ausreichend anzutörnen.

Dilan war sich der Absurdität des Ganzen bewusst, aber die Gesetze der Highschool, der Welt, in der sie leben und bestehen mussten, fußten auf derart unsinnigen Konstrukten. Und obwohl Beth eine Königin war, konnte auch sie sich diesen Regeln nicht entziehen. Vor allem kann sie nicht riskieren, entthront zu werden, da ihr königlicher Status darauf basiert, dass sie als das heißeste Mädchen im Abschlussjahrgang gilt, dachte er und war sicher, dass Beth daran gelegen war, dies nicht zu gefährden.

„Das glaube ich dir!" Devon klopfte ihm anerkennend auf die Schulter.

„Jetzt wollen wir Details hören", sagte Sidney.

„Ein Gentleman genießt und schweigt." Die Chance, damit durchzukommen, war gering, doch zu Dilans Überraschung klopfte ihm Sidney auf die andere Schulter, und seine Kumpels ließen es dabei bewenden.

Womöglich hatten sie entschieden, dass die Bilder ihres Kopfkinos ohnehin nicht durch seine Schilderung getoppt werden konnten.

Wie aufs Stichwort kam Beth den Flur entlang auf ihn zu. Wie stets umgab sie die Gruppe ihrer Freundinnen, die, obwohl allesamt hübsch, nur dazu beitrugen, dass sie noch mehr hervorstach. Wie eine Rose in einem Strauß aus Tulpen.

Dilan hielt den Atem an. Er hatte sich keine Gedanken gemacht, wie er reagieren würde. Im einzig gültigen Katastrophenszenario seiner Fantasie, das er sich vorstellen konnte, war er ohnehin die Witzfigur der Highschool, was diese Situation aus dem Fokus gerückt hatte.

„Hey", sagte Beth, noch während er nach Worten suchte, machte einen Schritt auf ihn zu und berührte ihn am Arm. „War schön mit dir", sprach sie in sein Ohr, jedoch so laut, dass die Umstehenden, insbesondere ihre Freundinnen, es hören konnten.

Noch bevor Dilan reagieren, geschweige denn etwas erwidern konnte, war sie fort und ließ ihn irritiert dreinblickend zurück.

„Alter!", rief Sidney aus und schlug ihm erneut auf die Schulter.

„Respekt!" Devon stieß ihm den Ellenbogen in die Seite.

Er war dankbar, dass die Glocke ertönte, die den Beginn des Unterrichts verkündete und ihn aus seiner Starre riss. Außerdem endete so auch das Gespräch über Beth und ihn, und er hoffte, dass das Thema damit durch war.

Die ersten zwei Unterrichtsstunden, Geschichte mit Ms. Higsmith, verbrachte er damit, über gestern nachzudenken. Wobei es weniger um die Peinlichkeit ging oder Beths Reaktion, sondern darum, was ihm das über sich selbst sagte.

Bedeutete die Tatsache, dass er mit Tyler unter der Dusche gleich einen Ständer bekommen hatte, sogar jetzt noch, wenn er nur daran dachte, und bei einem heißen Mädchen wie Beth versagte, dass er schwul war?

Der Gedanke war nicht neu. Auch wenn er versuchte, versucht hatte, ihn von sich fernzuhalten, begleitete ihn das Thema bereits länger. Doch er hatte gehofft, dass es nur eine Phase war.

Ein wenig experimentieren – da war doch nichts dabei, oder?

Und ist es das tatsächlich?, fragte er sich. Nur ein Experiment?

„Und das sagt uns was, Mr. Wilks?"

Irritiert sah Dilan auf und in Ms. Higsmiths Gesicht, die an seinen Tisch getreten war.

„Öh", machte er, und Hitze stieg ihm in den Kopf.

„Kann jemand unseren Fisch zurück ins Wasser werfen?", fragte Ms. Higsmith, die auch ansonsten keinen Hehl daraus machte, was sie von Sportlern hielt, die in den übrigen Fächern allenfalls mittelmäßige Ergebnisse ablieferten.

Und selbst dafür musste Dilan sich anstrengen, besonders in Geschichte, wo seine Leistungen sich eher im unteren Bereich der Notenskala bewegten.

„Dass Marie Antoinette keine Ahnung hatte, wie es dem einfachen Volk ging", sagte Gretchen Webbings. Eine der Musterschülerinnen, die deutlich mehr Ms. Higsmiths Geschmack entsprach.

„Sehr richtig", entgegnete die Lehrerin und warf Dilan einen tadelnden Blick zu, bevor sie sich in Richtung Tafel wandte und federnden Schrittes zurück zu ihrem Pult schritt.

Okay, das reicht!, herrschte Dilan sich innerlich an und wusste sogleich, dass die Aufforderung ihn nicht davor schützen würde, dass die Gedanken wiederkehrten. So lange an ihm zerren würden, bis er sich endlich eingestehen würde, was er nicht einzugestehen bereit war.

Nein, das ist nur eine Phase. Morgen wirst du aufwachen und Beth genauso heiß finden, wie Devon, Sidney und die ganzen anderen Jungs an der Highschool.

Doch obwohl sich seine innere Stimme um Zuversicht bemühte, war selbst ihr klar, dass sie log.

6

Obwohl es sich nicht vermeiden ließ, dass Beth und Dilan sich in den nächsten Tagen immer wieder über den Weg liefen, stellte sich eine seltsame Routine ein. Mittlerweile grüßten sie sich nur noch knapp, da der Sensationsgehalt ihres kurzen Tête-à-Tête mittlerweile abgekühlt war oder von anderen Ereignissen abgelöst wurde. Aus ihnen wurde nicht das neue Traumpaar, das war klar, und somit lieferten sie keinen Nachschub für den Highschool-Gossip.

Auch bei seinen Freunden hatte sich das Interesse verflüchtigt, und Dilan war froh, sich wieder auf seine Schwimmkarriere konzentrieren zu können.

Die Ruhe, dachte er wieder einmal, als er den Kopf für den nächsten Zug unter die Oberfläche tauchte. Keine Stimmen, die an seine Ohren drangen, nur das Gluckern des Wassers und der Puls seines Herzens.

Unter Wasser führte er die Hände nach vorne, als die Arme gestreckt waren, in einem weiten Schwung nach außen, um sie dann unter der Brust wieder zueinander zu führen. Dies beförderte auch den Kopf an die Oberfläche, wo er Luft in seine Lungen sog.

Die stets gleiche Abfolge gab ihm das Gefühl, eine Maschine zu sein. Ein perfekt eingestelltes Uhrwerk, das seine Arbeit verrichtete.

Er wusste, dass viele deshalb sagten, Schwimmen sei langweilig und monoton, doch gerade das machte den Reiz für ihn aus. Es war, als würde er eins werden mit dem Wasser, ein gleitender Bestandteil, während sein Geist schwieg und manchmal die Oberfläche durchstieß, um ihm von oben dabei zuzusehen. Oder ihm Bilder seiner Erinnerungen zu zeigen, manchmal auch zukünftige Ereignisse durchzugehen.

Stets jedoch ohne das Drängen, das Dilan empfand, wenn ihn derartige Gedanken außerhalb des Wassers heimsuchten. Es war, als könnten sie sich nicht an ihm festhalten. Er durchschwamm sie, konnte sich mit ihnen vertraut machen und entscheiden, ob er ihnen noch ein wenig folgte oder sie ziehen ließ.

Auf dem Trockenen glichen viele Probleme und Gedanken Schlingpflanzen, die sich um Arme und Beine legten und ihn am Weiterkommen hinderten.

„Sehr gut gemacht", rief Coach Matt aus, nachdem er am Beckenrand angekommen war. „Komm mal kurz aus dem Wasser, Dilan. Ich muss etwas mit dir besprechen."

Dilan stemmte sich aus dem Wasser und legte sich das Handtuch um, das der Coach ihm reichte.

Sie setzten sich einander gegenüber auf je einen der Startblöcke, die am Beckenrand aufgebaut waren.

„Du weißt ja, dass in acht Wochen die Bezirksmeisterschaft stattfindet. Ein ohnehin wichtiges Turnier. Nicht nur, weil du mit einem Sieg deine Erfolgsstatistik ausbauen kannst." Matt räusperte sich. „Es wird auch ein Talentscout vom Austin College da sein."

„Echt jetzt?" Dilan machte große Augen. Die Aufregung schlug ihre Zähne in seine Eingeweide und fachte sein Herz erneut an, das gerade dabei gewesen war, zur Ruhe zu kommen. Auf der einen Seite Aufregung, weil es eine Chance war, und zur gleichen Zeit Angst, es zu vergeigen.

„Das ist deine Eintrittskarte in den Profisport. Mit einem Stipendium vom Austin College kannst du alles schaffen. Vielleicht sogar bis zu Olympia." Matt lächelte ihn an, doch in seinen Augen spiegelte sich der furchtsame Respekt, der auch Dilan im Nacken saß. „Aber natürlich musst du dafür auf ganzer Linie überzeugen. Deine absolute Bestleistung erbringen." Er stand auf, kam auf Dilan zu, sah ihn an und erkannte die Sorge im Blick seines Schützlings. „Ich glaube an dich." Matt legte ihm eine Hand auf die Schulter und drückte sanft zu. „Du bist nicht nur ein großes Talent, du hast auch den nötigen Ehrgeiz, den Biss, um dich bis nach oben durchzukämpfen. Jetzt muss nur ein Quäntchen Glück hinzukommen."

„Okay." Es kostete Dilan Mühe, das Wort über die Lippen zu bringen. Irgendwie war ihm nach Heulen zumute. Klar, das war, was auch er wollte, aber was wäre, wenn er alle enttäuschte? Wenn alle etwas in ihm sahen, was er nicht erfüllen konnte?

„Es ist in Ordnung, Respekt zu haben. Sogar ein wenig Versagensangst", sagte Matt, die Hand immer noch auf Dilans Schulter. „Du kannst sie als Ansporn nutzen. Sie darf nur nicht überhandnehmen, dann lähmt sie dich." Er ließ ihn los und sah Dilan prüfend an. „Ich bin da. Nicht nur dafür." Er wies auf das Wasser. „Sondern auch hierfür." Matt tippte sich gegen die Schläfe. „Das hier oben ist mindestens so wichtig wie die richtige Technik und ausreichende Muskelmasse. Jeder Athlet kämpft vor allem mit sich selbst. Dem inneren Schweinehund oder den inneren Dämonen, was dir lieber ist. Der Versagensangst und womöglich irgendwann der Arroganz, wenn man oben angekommen ist und meint, dort für immer bleiben zu können."

„Okay", flüsterte Dilan. Mehr fiel ihm nicht ein.

„Ich habe mir was überlegt, um deinem Training eine neue Ausrichtung zu geben. Wir benötigen einen weiteren Ansatz, um beim Turnier alles aus dir herauszuholen."

Mit gerunzelter Stirn sah Dilan seinen Coach an und blieb stumm.

„Erinnerst du dich an Colin Harker?", fragte Matt.

Es fiel Dilan schwer, die Frage einzuordnen, weshalb er weiterhin still blieb.

„Vor zwei Jahren war er sozusagen in deiner Position. Talentierter Schwimmer mit dem nötigen Ehrgeiz. Er ließ sich ebenso gut trainieren wie du. Aber dann ..."

„... ist er vom Pferd gestürzt", sagte Dilan. Natürlich erinnerte er sich an Colin Harker. Wie könnte er ihn vergessen? Vor allem seine grünen Augen. Allein der Gedanke daran verursachte ihm ein Kribbeln im Bauch.

Matt nickte. „War eine verdammt tragische Sache. Colin hätte es geschafft, davon bin ich fest überzeugt. Aber wenige Wochen vor dem Turnier hatte er diesen Reitunfall, und von einem Moment auf den anderen lag seine gesamte Zukunft in Scherben."

Diese Formulierung und die Art, wie Coach Matts Äußerung von Trauer und Bedauern durchtränkt war, ließen Dilan schlucken. Matt gab für ihn alles, förderte ihn mit Leib und Seele, was sich sogar anfühlte, als würde er Dilan gegenüber eine Vaterrolle einnehmen. Sicherlich hatte er das vor zwei Jahren ebenso für Colin getan, was das Leid, das Matt empfand, mit Sicherheit umso tiefer reichen ließ. Durch den Unfall war der Traum zweier Menschen geplatzt und deren Hingabe zunichtegemacht worden.

„Es war schlimm. Natürlich am meisten für Colin. Aber auch ich hatte ganz schön zu kämpfen." Matts Augen wurden glasig, als sein Blick in die Ferne ging. „Doch selbst die größte Niederlage darf einen nicht dauerhaft niederreißen. Man muss wieder aufstehen, sich den Staub abklopfen und es weiter versuchen." Er sah Dilan an. „Oder sich ein neues Ziel suchen. Eine andere Aufgabe. Ich denke, dass ich für Colin eine gefunden habe."

Dilan sah den Coach fragend an. Worauf will er hinaus?, fragte er sich. Er wusste, dass Colin seit dem Unfall in der Tankstelle seines Vaters im Ort jobbte, aber inwiefern hatte das mit dem Schwimmtraining zu tun?

„Es gibt Dinge, die kann dir jemand, der in exakt derselben Position war, besser vermitteln. Colin kann sich viel besser einfühlen in das, was du durchmachst, die Probleme, die auftreten."

Endlich verstand Dilan oder glaubte das zumindest. „Dann soll Colin mich trainieren?" Seine Stimme klang heiser. Ambivalente Gefühle tobten in seinem Innern. Einerseits reizte ihn der Gedanke, andererseits wollte er nicht, dass Matt aufhörte, mit ihm zu arbeiten.

„Keine Sorge, ich lasse dich nicht im Stich", sagte Matt, während er sich vorbeugte und Dilan sanft am Arm berührte. „Selbstverständlich trainiere ich dich weiter. Wir werden ergänzende Einheiten mit Colin einbauen. Das kommt mir entgegen, weil ich ja immerhin noch als Sportlehrer arbeiten muss“, er lachte kurz auf, „und mit dir natürlich insbesondere. Nicht nur, weil das mehr Trainingszeit für dich bedeutet, sondern weil Colin einen anderen Ansatz haben wird.“

„Anderer Ansatz?“ Dilan kratzte sich am Hinterkopf.

„Sei offen dafür. Sämtliche Profis haben auch einen Co-Trainer. Jemanden, der die Dinge aus einem anderen Blickwinkel betrachtet und eingefahrene Strukturen aufbricht.“ Er grinste. „Wir beide sind ja schon fast so etwas wie ein altes Ehepaar. Das ist nichts Schlechtes, zumindest nicht per se, aber um dich weiter zu verbessern, brauchst du neue Impulse.“

„Und die kann Colin mir geben?“ Dilan sah den Coach zweifelnd an.

„Was hast du zu verlieren?“

Dilan zuckte die Achseln.

„Folgender Vorschlag: Wir versuchen es für zwei Wochen, und falls du und Colin nicht zurechtkommt, sind es wieder nur wir zwei.“

Dilan schob die Unterlippe vor.

„Du weißt, dass ich nur das Beste für dich will?“, fragte Matt, und Dilan nickte. „Und außerdem, dass sich meine Ideen meist als gut herausgestellt haben? Selbst wenn du, wie jetzt, Vorbehalte hattest?“

Jetzt war es an Dilan zu lächeln. „Du hast ja recht. Sorry.“

„Musst dich nicht entschuldigen. Ich finde es gut, dass du kritisch bist, und das sollst du auch bleiben. Es schützt dich davor, in der Routine zu versinken. Wer ganz nach oben will, braucht natürlich feste Abläufe, aber jedes Training sollte eine Herausforderung bleiben. Etwas, das dich fordert und anspornt."

„Okay." Dilan gab sich Mühe, Zuversicht in seine Stimme zu legen. „Dann also ein Co-Trainer."

„Colin freut sich schon darauf, dich zu trainieren. Ich habe ihm bereits die Videos deiner letzten Wettkämpfe gezeigt, und er hatte tolle Vorschläge, wie wir gewisse Dinge verbessern können."

„Tatsächlich?" Dilan hoffte, dass ihm der Ärger nicht anzuhören war, der augenblicklich in ihm aufflammte.

Du hast ihm die Aufnahmen gezeigt, und dann habt ihr darüber gesprochen, was verbessert werden muss?, rief eine Stimme in seinem Kopf. Und das, bevor du überhaupt mit mir gesprochen hast? Was wäre denn passiert, wenn ich Nein gesagt hätte?

Er schluckte einmal, dann ein weiteres Mal. Kämpfte die Wut nieder, die sein Herz in heißen Wogen durch seine Arterien pumpte. Als läge er im Endspurt, in den letzten Metern auf der Bahn, in denen er stets alles mobilisierte, was noch in ihm steckte.

In dieser Situation aber war der Vorgang genau umgekehrt. Anstatt sich zu mehr anzutreiben, musste er seine Reserven nutzen, um sich herunterzufahren. Seinen Pulsschlag zu beruhigen und den roten Schleier der Wut zu lichten, der sich über seine Sicht gelegt hatte. Und das alles, während er hoffte, dass sich der Sturm der Gefühle nicht in seinem Gesicht spiegelte.

„Wie ich bereits sagte, ich habe nur dein Bestes im Sinn, Dilan. Du magst denken, dass ich dich damit übergehen wollte, aber dem ist nicht so. Wenn du absolut dagegen bist, dass Colin Co-Trainer wird, lassen wir es." Er stand auf, kam zu ihm herüber und ging dann vor ihm in die Hocke, wobei er seine Hände auf Dilans Knie legte. „Du musst vollkommen davon überzeugt sein, dass es so ist. Dass wir beide am selben Strang ziehen. Sonst kann es nicht funktionieren. Aber dafür musst du auch eigene Befindlichkeiten hintenanstellen. Selbst wenn du Colin nicht magst, würdest du letztlich dir selbst schaden, schlägst du diese Möglichkeit aus.“

„Das ist es nicht.“ Dilan räusperte sich. Um ehrlich zu sein, kam ihm beim Gedanken an Colin nur ein Gefühl in den Sinn, das ihn an das Tyler gegenüber erinnerte. Ein seltsames Verlangen, das er ablehnte, weshalb er geneigt war, auch Colin abzulehnen.

Vielleicht liegt es an der Ähnlichkeit ihrer Namen, ertönte eine sarkastische Stimme in seinem Kopf.

Natürlich war das Blödsinn. Und es war ebenso Blödsinn, das Angebot aufgrund eines seltsamen Gefühls abzulehnen. An der Aufrichtigkeit von Matts Motiven ließ sich nicht zweifeln, ebenso nicht daran, dass er bessere und planvollere Entscheidungen traf als Dilan.

Du kennst Colin nicht einmal, sagte eine versöhnliche Stimme, und er unterdrückte sogleich diejenige, die antworten wollte, dass es auch besser wäre, ihn nicht kennenzulernen.

Matt hatte recht. Er konnte es sich nicht leisten, sich wie ein Kind aufzuführen. Seine Entscheidungen mussten dem sportlichen Erfolg, dem weiteren Vorankommen verpflichtet sein, nicht irgendwelchen Befindlichkeiten, die er kaum in Worte fassen konnte.

„Ich bin dabei“, sagte er schließlich, und als Matt ihm mit einem Grinsen die Handfläche präsentierte, schlug er ein.

7

„Ich habe diese Übung immer gehasst und kann dir ansehen, dass es dir ebenso geht." Colin grinste, und Dilan wollte sich einreden, dass sein Herz durch die Anstrengung schneller schlug.

Tatsächlich drohte die Langhantelstange abzurutschen, die mit einigen Gewichtsscheiben beschwert auf seiner oberen Rückenpartie lastete und ihn an der Aufwärtsbewegung der Kniebeuge hinderte, die er gerade absolvierte. Dennoch war das Training, das Colin mit ihm absolvierte, ihr erstes gemeinsames, nicht der einzige Grund, weshalb sein Puls nicht zur Ruhe kam.

Colin mit den grünen Augen, dem kurzen dunkelblonden Haar, dem Dreitagebart und dem angedeuteten Grübchen im Kinn ließ Dilans Eingeweide Achterbahn fahren. Wenn er ihn dann auch noch durchdringend ansah und ein Lächeln seine Mundwinkel umspielte, wie in diesem Augenblick, war es, als würde dieser Moment aus der Chronologie der Zeit genommen. Wie ein Foto, das nicht nur aufgenommen wurde, sondern in dem der Augenblick weitererlebt.

„Vorsicht!", rief Colin und griff blitzschnell nach dem linken Ende der Stange, die bedrohlich in Schieflage geraten war. „Ich wollte dich nicht aus dem Konzept bringen."

Hast du aber, hätte Dilan um ein Haar gesagt, kämpfte den Impuls aber sogleich nieder und konzentrierte sich wieder auf die Übung und das Gewicht auf seinen Schultern. Es gelang ihm nicht nur, die Schräglage auszugleichen, sondern eine weitere Wiederholung zu absolvieren. Eine mehr als notwendig.

„Bravo!" Colin klopfte ihm auf den Rücken. „Du bist echt super in Form und hast den nötigen Ehrgeiz. Ich habe ein gutes Gefühl."

Ob es die Berührung oder das Gesagte war, vermochte Dilan nicht zu sagen, aber kribbelnde Wärme breitete sich in seiner Brust aus. „Danke", murmelte er.

„Nur eine Feststellung, aber trotzdem muss das hin und wieder gesagt werden. Du kennst das doch mit der positiven Verstärkung."

Dilan nickte und wischte sich mit einem Handtuch den Schweiß von der Stirn. Ungern wollte er Colin mitteilen, dass seine Ablehnung sich nicht einzig auf diese Übung beschränkte. Jede Trainingseinheit im Wasser, mochte sie auch noch so hart sein, bereitete ihm überwiegend Freude, aber für das Hantel- und Gerätetraining hatte er nichts übrig.

Im Wasser bedeuteten Übungen lautloses Gleiten, mit den Gewichten war es Schwitzen, Ächzen und Heben. Wem gefällt so etwas?, fragte er sich.

Natürlich hatte er bereits zuvor das ungeliebte Hanteltraining absolviert, aber eher stiefmütterlich einmal die Woche und nicht, wie nun von Colin angesetzt, dreimal wöchentlich.

Colin lachte. „So schlimm?", fragte er.

Die Hitze schoss Dilan in den Kopf, er fühlte sich ertappt. „Na ja."

„Ich wollte auch am liebsten im Wasser sein. Fast die ganze Zeit." Der Blick seines Co-Trainers ging in die Ferne, und es fiel nicht schwer, sich vorzustellen, dass er eine Erinnerung betrachtete, als er selbst noch an Dilans Stelle war. „Aber es ist wichtig, die Muskulatur auf unterschiedliche Weise zu stimulieren. Auf diese Weise baust du Masse und Kraft auf, die dir beim Schwimmen helfen werden. Versprochen."

„Okay." Dilan zwang sich, in die grünen Augen zu sehen, und redete sich ein, dass die weichen Knie von der soeben absolvierten Übung herrührten.

„Cool. Dann geht es jetzt weiter mit Bankdrücken." Colin stellte sich ans Kopfende der Bank, auf die sich Dilan legte.

Auch diese Übung wurde nicht einzig aufgrund des Gewichtes zur Belastungsprobe. Dilans Kopf war nicht nur den Beinen seines Co-Trainers nah, er musste auch dem Impuls widerstehen, in die Hosenbeine von dessen kurzer Sporthose zu sehen.

Was ist verdammt noch mal mit dir los?, schrie er sich innerlich an und fixierte die Hantelstange in seinen Händen, während er versuchte, nur an die Zahl der gerade absolvierten Wiederholungen zu denken.

Doch er konnte die Fünf so oft im Geiste erklingen lassen, wie er wollte, sein Blick tastete sich an den behaarten Oberschenkel hinauf und er hoffte, im Schatten, den das Hosenbein warf, mehr zu erkennen.

Mit grimmiger Entschlossenheit stemmte Dilan das Eisen ein weiteres Mal in die Höhe und ließ es geräuschvoll in die Halter plumpsen. „Alles klar", sagte er gepresst, den Schwindel ignorierend, der ihn anfiel, da er sich unmittelbar im Anschluss von der Bank erhoben hatte. Nur, um nicht mehr diese Beine anstarren zu müssen und Colins Nähe zu spüren, die sein Herz rasen ließ.

Obwohl der Co-Trainer ihn auf ähnliche Weise erregte, wie es auch Tyler tat, war die Situation dennoch eine gänzlich andere. Bei Tyler drehten seine Gedanken sich vor allem darum, wie es sein würde, ihn anzufassen und von ihm angefasst zu werden. Wie sie einander verschwitzt in Ekstase versetzten. Vorstellungen, die durch sogleich einsetzende Scham begleitet wurden.

Obwohl er sich auch bei Colin vorstellte, wie es wäre, ihn zu berühren, waren die sich anschließenden Bilder, die vor seinem inneren Auge erschienen, andere: Er wollte wissen, wie es sich anfühlte, von Colin in den Arm genommen und gehalten zu werden. Wenn sich sein Geruch, der sich aus dem Hauch eines Aftershaves zusammensetzte, das Dilan kannte und gut gefiel, und einer weiteren Note, die er dem Eigengeruch des zwei Jahre älteren Mannes zuschrieb, miteinander vermengte, wenn er sich zu ihm beugte, ließ das Dilans Herz schneller schlagen. Eine Art Signatur, die Dilan jetzt mit ihm verband und von der er wusste, dass sie ein hohes Abhängigkeitspotenzial hatte.

Wenn es dafür nicht bereits zu spät ist, dachte er, bevor der Film weiterlief und ihm zeigte, wie er mit der Hand durch Colins dunkelblondes Haar fuhr, das an den Seiten und am Hinterkopf kurz rasiert war.

Da er selbst das Haar, das einen helleren Blondton aufwies, auf diese Art trug, wusste er, wie sich das anfühlen würde. Glatt, wenn die Handfläche hinabglitt, und stoppelig, wenn sie wieder nach oben fuhr. Ihm gefiel es bereits, sich selbst auf diese Art über den Kopf zu streichen, aber bei Colin ...

Obwohl das Verlangen, mit ihm dasselbe anzustellen, was er sich auch mit Tyler ausgemalt hatte, nicht geringer war, waren es diese Szenen, die sein Denken dominierten. Er wollte Colin nahe sein, nicht nur aus sexuellem Verlangen, sondern weil er dessen Wärme spüren wollte. Zu wissen begehrte, wie es war, mit den Lippen den Hals zu liebkosen. Dort, wo die am Morgen rasierten Barthaare bereits einen feinen Schatten warfen.

Dass der Blick aus den grünen Augen auf ihm ruhte, wünschte Dilan sich ebenfalls. Und zwar, wenn sich der Ausdruck hineinstahl, den er heute zweimal bemerkt hatte. Wenn Colin ihn auf eine Art ansah, die Dilan zunächst für Bewunderung gehalten hatte, was an sich schon schmeichelhaft war. Doch er glaubte, mehr darin zu erkennen, und das war etwas, das sein Herz nicht nur antrieb, sondern sogar zum Flattern brachte.

Am verwunderlichsten galt für ihn, dass er diese Empfindungen nicht sofort zu leugnen oder fortzuschieben versuchte. Sie trugen eine Wahrhaftigkeit in sich, die selbst die Stimme nicht aushöhlen konnte, die ihm sagte, dass sie falsch wären.

„Alles gut?"

Colins Frage durchschnitt nicht nur die um ihn kreisenden Gedanken, sondern sorgte zudem dafür, dass ihm bewusst wurde, dass der Schwindel, den er beim abrupten Aufstehen empfunden hatte, nicht abgeebbt war, sondern zugenommen hatte.

„Hey!", rief Colin, und Dilan spürte dessen Arme, die ihm von hinten unter die Achseln griffen. „Mann, bist du schwer." Colin keuchte, als er, Dilan auf diese Art weiter haltend, in die Hocke ging und sich schließlich auf den Boden fallen ließ.

Jetzt hast du es geschafft, frohlockte Dilans innere Stimme. Mit dem Rücken schmiegte er sich an Colins Brust, der seine Arme immer noch um ihn gelegt hielt. Einem Impuls nachgebend lehnte Dilan den Kopf an Colins Schulter, fuhr erschauernd zusammen, als er spürte, wie der ihm mit den Fingerspitzen einige verschwitzte Haarsträhnen aus der Stirn strich.

„Du hast es wohl übertrieben", murmelte Colin. „Nach so einer Einheit kannst du nicht einfach aufspringen und tun, als wäre nichts gewesen." Er kicherte und Dilan genoss das Kribbeln, das er empfand, als er den Laut mehr spürte denn hörte, wie er von Colins Brust in seinen Rücken weitergeleitet wurde. „Tief durchatmen."

Am liebsten wäre Dilan in dieser Position geblieben, in Colins Nähe. Hätte weiter das Muskelspiel seiner Brust im Rücken gespürt, als der die Arme bewegte, um die Hände zu Dilans Schultern zu führen und sie zu umfassen. Doch ihm war klar, dass dies das Signal war, die letzte Berührung. Jetzt hieß es, vorlehnen und schließlich aufstehen, um die Situation nicht peinlich werden zu lassen. Mittlerweile war ihnen beiden klar, dass sich sein Kreislauf stabilisiert hatte.

Also zog Dilan die Beine an, stützte sich mit den Händen vom Boden ab und kam über die Hocke in die Höhe. Überlegte einen Augenblick, ob Colin seine

Schultern ein wenig zu lange umfasst hielt, sodass es wirkte, als wollte er ihn zurückhalten.

So ein Schwachsinn!, rief seine innere Stimme. Du bist der einzige Fehlgeleitete hier, der so empfindet.

Und mit einem Mal war nicht nur der Zweifel wieder da, sondern ebenso die Scham mit der drängenden Frage:

Was zum Teufel ist nur mit dir los?

8

„Und, wie ist das Training mit dem neuen Coach?“, fragte Dilans Mutter und pickte mit der Gabel ein Salatblatt von ihrem Teller auf.

„Anders“, entgegnete er und kaute weiter auf dem Stück Putenfleisch, das er sich zuvor in den Mund gesteckt hatte.

„Junge.“ Seine Mutter griff über den Tisch und legte ihre Hand auf seine. „Du bist noch schweigsamer als sonst. Dabei gibt es doch sicherlich so viel zu erzählen.“

Er schluckte. Was willst du denn hören?, erklang es in seinem Kopf. Dass Colin nicht nur ein echt hartes Programm fährt, sondern mich auch woanders hart werden lässt?

Über den letzten Teil wollte er lachen. Hoffte, dass dieser dumme Spruch ihm vor Augen führte, wie lächerlich seine Empfindungen waren. Wie dämlich und nicht nachvollziehbar.

Doch stattdessen zog sich sein Herz schmerzhaft zusammen und offenbarte ihm eine ganz andere Emotion: Enttäuschung.

Nicht nur darüber, dass er etwas fühlte, was er sich erwidert wünschte und zugleich wusste, dass dies niemals geschehen würde, sondern über sich selbst. Dass er diese Gefühle verleugnen, sie schlechtmachen wollte.

„Das Training ist anders als mit Matt, aber Colin hat wirklich gute Ideen. Es war eine anstrengende Woche, aber ich denke, das bringt mich weiter." Sein Herz entkrampfte sich ein wenig. Es tat gut, positiv und ehrlich über Colin zu sprechen, als würde er damit sich selbst und seine Empfindungen zumindest ein wenig rehabilitieren.

„Schön, Schatz. Das freut mich sehr." Seine Mutter lächelte und zog langsam die Hand zurück. Mit der Gabel pickte sie eine Nudel auf und führte sie zum Mund.

„Man merkt nicht nur, dass Colin mich pushen will", Dilan räusperte sich, „er hat auch eine andere Sicht als Matt."

Seine Mutter hob die Brauen. „Inwiefern?"

„Na ja, man merkt, dass er selbst in meiner Situation war. Vor zwei Jahren. Wusstest du, dass er ebenfalls Aussichten auf ein Stipendium hatte?"

Sie schüttelte den Kopf.

„Aber an den Reitunfall erinnerst du dich?"

„Natürlich. Hank hat mir damals in der Tankstelle davon erzählt."

Dilan nickte. Hank war Colins Vater. „Da war er gerade mittendrin in den Vorbereitungen. Quasi an dem Punkt, an dem ich bin."

„Mensch, der Arme! Das wusste ich gar nicht. Der Unfall an sich war bereits tragisch, aber unter dem Gesichtspunkt." Seine Mutter rieb sich die Augen.

„Hat Hank das nicht erzählt?"

„Ich denke nicht, oder ich war mit den Gedanken völlig woanders. Du weißt doch, dass ich meistens dann tanken muss, wenn ich überhaupt keine Zeit dafür habe." Kurz verzog sie den Mund zu einem angedeuteten Grinsen. „Andererseits kann ich mir nicht vorstellen, dass mir das nicht im Kopf geblieben wäre."

„Auf jeden Fall kennt er dadurch die andere, meine, Seite und kann auf einige Dinge gezielter eingehen. Das war auch der Grund, warum Matt wollte, dass er mich ebenfalls trainiert."

„Sicherlich ein guter Plan." Seine Mutter stocherte mit der Gabel in ihrem Salat herum.

„Du musst das nicht machen."

„Hmm?"

Nun war er es, der ihre Hand ergriff. „Ist total lieb von dir, aber nur weil ich so etwas essen muss, ist das nicht deine Diät."

Sie legte den Kopf schief und zwinkerte ihm zu. „Du weißt doch, mein Schatz. In diesem Haus kämpfen, leiden und vor allem lachen wir gemeinsam."

„Bin echt froh, dass ich dich habe." Die Welle der Zuneigung für seine Mutter, die ihn durchspülte, trug ein nagendes Gefühl mit sich, das sich in seinen Eingeweiden festsetzte.

Sie sah so klein, dünn und verletzlich aus, wie sie ihm gegenübersaß, und mit einem Mal wusste er, dass es die Angst war, sie zu verlieren, die sich in seinem Bauch eingenistet hatte.

Er stand auf, ging um den Tisch herum, beugte sich vor, um ihr die Arme um die Schultern zu legen und sie an sich zu drücken.

„Was ist los?", fragte sie.

„Nichts. Einfach so", sagte er und strafte sich sogleich Lügen. Denn obwohl er die Umarmung noch ein wenig festigte, schien sie ihm zu entgleiten. Es war, als ob sie auf zwei Stücken Treibholz säßen, die auseinanderdrifteten.

„Ich bin auch froh, dich zu haben", sagte seine Mutter.

Dilan löste die Umarmung und blieb einen Moment unschlüssig vor ihr stehen, bevor er zurück zu seinem Stuhl ging und sich darauf fallen ließ.

„Und ich freue mich auch, dass Colin dich trainiert. Du scheinst ihn zu mögen", sagte sie.

Als hätte er einen Stromschlag erhalten, zuckte er zusammen. „Wie kommst du darauf?"

„Das Leuchten in deinen schönen blauen Augen, wenn du von ihm erzählst."

Als er erneut zusammenzuckte, musste seine Mutter lachen.

„Ich kenne dich nun mal, mein Schatz. Und das ist doch überhaupt nichts Schlimmes."

Er rang sich ein Lächeln ab und wünschte, sein Empfinden würde dem zustimmen. Aber so gut sich die Situation mit Colin gestern zunächst angefühlt hatte, mittlerweile war der Teil in ihm wiedererwacht, der seine Gefühle als etwas Falsches brandmarkte.

Doch der gestrige Eindruck, dass es wahrhaftig und richtig war, verstummte nicht. Zwei Frontlinien beherrschten sein Gefühlsleben, die sich gegenüberstanden und einander immer wieder in Kämpfe verwickelten.

„Ja, Colin ist cool", sagte er schließlich und nickte etwas zu enthusiastisch. Versuchte, so die Gewissheit abzuschütteln, dass er damit gnadenlos untertrieb.

„Ich muss dann los." Seine Mutter sah zur Uhr.

„Ich auch."

„Um die Zeit noch?"

„Das wird in den nächsten Wochen zur Gewohnheit, Mom. Matt sagt, dass ich so viele Schwimmeinheiten einschieben soll, wie es geht."

„Dein Coach wird es schon wissen." Seine Mutter erhob sich und begann, die Teller abzuräumen.

„Lass ruhig. Das kann ich machen, Mom."

„Wirklich?"

„Na klar. Ich trainiere heute allein, also wartet niemand auf mich, und auf ein paar Minuten kommt es nicht an. Aber du darfst nicht zu spät in der Bar sein."

Sie betrachtete ihn, und er konnte in ihrem Blick den Widerwillen sehen, den sie bei der Vorstellung empfand, dass er alleine im Schwimmbad war. Anfangs hatte ihn das genervt, inzwischen war es rührend, dass sie sich trotz seiner Erfolge darum sorgte, er könnte allein im Wasser ertrinken.

„Aber übertreib es nicht." Sie drückte ihm einen Kuss auf die Wange.

„Keine Sorge. Werde locker machen."

Erneut sah sie ihn an, und ein weiteres Mal fand die Kommunikation ohne Worte statt. Ihm war klar, dass sie wusste, dass er sie belog. *Locker machen* existierte für ihn nicht, wenn es ums Schwimmen oder um Sport im Allgemeinen ging. Er liebte das Gefühl, sich auszupowern. Das war zwar besser, als sich Gras oder anderes reinzuziehen, aber dennoch war es eine Abhängigkeit, was ihm, aber auch seiner Mutter, bewusst war.

„Ich hab dich lieb", sagte sie, bevor sie die Tür hinter sich schloss.

Dilan machte sich daran, die Teller abzuräumen, und dachte dabei an Colins grüne Augen, den Dreitagebart und sein Lächeln. Und natürlich daran, wie sich dessen Brust an seinem Rücken angefühlt hatte, wie er Colins Atem gespürt und sich gewünscht hatte, in dieser Position verweilen zu können. Haut an Haut, umfangen von dessen Wärme.

„Alter, jetzt hör auf zu spinnen!", rief er und ohrfeigte sich selbst. Musste angesichts der impulsiven Aktion und vor allem wegen des klatschenden Geräusches lachen, das er so verursachte. „Was bist du doch für ein Spinner", murmelte er und schüttelte langsam den Kopf.

Wie schön wäre es, das alles einfach als Spinnerei abzutun, dachte er.

9

Es war reiner Zufall!

Obwohl Dilans innere Stimme die Worte im Brustton der Überzeugung in dessen Hirnwindungen sprach, war klar, dass sie log. Aussprach, was er sich einzureden versuchte, ohne auch nur einen Sekundenbruchteil tatsächlich auf sich selbst hereinzufallen.

„Hey. Was machst du denn hier?"

Gerade hatte er gehen wollen. Sich davonschleichen, wie ein Einbrecher, der es sich im letzten Moment anders überlegte. Aber nun sprang ihm das Lächeln, das Dilans Knie weich werden ließ, und das angedeutete Grübchen im Kinn darunter, auf dem es zu tanzen schien, wie ein Surfer auf einem Wellenkamm entgegen.

Liebevoll strich Dilan mit den Augen die Kontur des Dreitagebarts die Wangen hinauf, um in Colins grüne zu tauchen, die die Fröhlichkeit des Gesichtsausdrucks des Co-Trainers spiegelten.

Ob er einfach nur höflich ist oder sich freut, mich zu sehen?

Diese Frage bedurfte keiner überzeugenden Intonation in Dilans innerer Zwiesprache, sie formulierte, was ihn in seinen Grundfesten bewegte und ihm verdeutlichte, wie wichtig ihm Colins Reaktion war. Dilan wollte wissen, was sein Co-Trainer für ihn empfand.

Nicht nur das. Ich will wissen, wie es sich anfühlt, die Haut am Hals zu küssen und dabei von ihm gehalten zu werden.

„Hat es dir die Sprache verschlagen?" Colin lachte auf, und Dilan schlug den Blick nieder, während die Scham hitzig in seine Wangen fuhr.

„Ich wollte nur … Kondome kaufen." Kaum hatte er das ausgesprochen, wollte er sich mit der Hand gegen die Stirn schlagen.

Bist du völlig gestört?

Nun schrie die innere Stimme, und Dilan konnte es ihr nicht verdenken. Er wünschte sich das häufig heraufbeschworene Loch im Boden, um darin verschwinden zu können.

Am liebsten ein Grab, darin kannst du dann gleich liegen bleiben.

Der bittere Sarkasmus seines Lebenskommentators war kaum besser als das zuvor angestimmte Schreien.

„Was?", fragte Colin gepresst und brach in brüllendes Gelächter aus.

Die brodelnde Scham in Dilans Eingeweiden entlud sich ebenfalls in Lachen, und als Colin ihm, immer noch prustend, eine Hand auf die Schulter legte und sanft zudrückte, flutete Wärme dessen Herz.

„Also, mein Lieber. Dann kümmern wir uns mal um dein Anliegen", sagte Colin, als sie sich einigermaßen beruhigt hatten, und musste erneut grinsen, als er Dilans fragenden Blick sah. „Na, die Lümmeltüten."

„Die was?" Nun war es an Dilan, loszuprusten und damit die zweite Runde der Lachsalve einzuleiten.

„Komm, wir gehen mal in den Laden. Sonst denken die Leute noch, wir sind völlig gestört und fragen sich, was wir hier treiben. Und nicht nur hier, sondern auch im Schwimmbad." Colin wischte sich mit dem Handrücken die Tränen von den Wangen.

Dilan zuckte bei diesen Worten innerlich zusammen, denn was Colin gesagt hatte, hörte sich an wie ein Geständnis. Als würde sich auch in seiner Vorstellung etwas zwischen ihnen beim Training abspielen, das nicht bekannt werden durfte.

Seltsamerweise störte Dilan das. Nicht die Vorstellung, dass sein Co-Trainer Gedanken dieser Art haben könnte, ganz im Gegenteil, sondern dass die Geheimhaltung wichtig war.

Jetzt mach dich mal locker! Das war doch nur ein Witz!

Wie zuvor vermochte der bestimmte Tonfall der Eingebung nicht, Dilans Gefühle zu verändern, sorgte aber dafür, dass er sie beiseiteschob und Colin folgte.

Nur wenige Male war er an der Tankstelle der Harkers gewesen, was auch daran lag, dass Dilan kein Auto hatte und seine Mom ihres selbst brauchte. Wenn er hier gewesen war, dann meistens als Beifahrer seiner Freunde oder seiner Mutter, und er blieb im Wagen sitzen.

„Ist von innen größer, als es von außen wirkt." Dilan sah sich im Lädchen um.

„Als Doris Hagarty ihren Seven Eleven vor einem Jahr zugemacht hat, beschloss mein Vater, das Angebot zu erweitern. Gerade die älteren Einwohner kommen gerne und sind dankbar, nicht zu Walmart rausfahren zu müssen.“

Dilan nickte. „Ihr habt Chips Ahoi?“

Colin legte den Kopf schief. „Na, das ist wohl eher keine Überraschung, oder?“ Er grinste. „Ich finde eher erwähnenswert, dass wir Postkarten haben.“

„Postkarten? Wovon denn?“

„Also wirklich!“ Colin garnierte den gespielt entrüsteten Ton mit in die Hüften gestemmten Händen. „Weißt du etwa nicht, dass du in einer US-Kulturstadt lebst?“

„Wie bitte?“

„Na, schau mal.“ Colin war zu dem kleinen Ständer hinübergegangen, der vier verschiedene Kartenmotive präsentierte. „Wir haben den alten Bohrturm und natürlich den Bradley Park.“

„Nicht dein Ernst.“

„Man muss eben zu schätzen wissen, welche aufregenden Sehenswürdigkeiten sich in der Umgebung befinden.“ Colin warf Dilan einen abschätzigen Blick zu und stieß ein theatralisches Seufzen aus. „Aber bei diesen jungen Leuten mit den Schwimmhäuten zwischen den Zehen ...“

„Wie bitte?“

„Die dazu auch noch schlecht hören.“

„Wie ...?“ Weiter kam Dilan nicht. Erneut fuhr ihm das Lachen in Kehle und Brustkorb. „Weißt du, dass die Jungs mit den Schwimmhäuten zwischen den Zehen gefährlich sind?“, fragte er mit einem Glucksen in der Stimme.

„Ach ja?“ Auch Colin lachte wieder.

„Oh ja!“ Dilan tat einen Schritt auf ihn zu, knuffte ihn in die Seite und schlang im nächsten Augenblick den

rechten Arm um Colins Hals, um ihn in den Schwitz-
kasten zu nehmen.

„Gnade", sagte Colin mit winselndem Unterton.

„Mein Sohn!", ertönte es von hinten aus dem Laden.
„Wie alt bist du?"

Dilan und Colin lösten sich voneinander und sahen
sich um.

Mr. Harker stand im Rahmen einer Tür, die sich hinter der Ladentheke befand und den Laden der Tankstelle mit dem Wohnhaus von Colins Eltern verband.

„Sorry, Dad."

„Was treibt ihr denn hier?"

„Wir haben nur herumgeblödelt." Colin schob die
Hände in die Hosentaschen und schlug den Blick nieder.

„Herumgeblödelt? Während du arbeiten sollst? Kein
Wunder, dass du keinen anderen Job findest als bei dei-
nem alten Vater. Und noch nicht mal da gibst du dir
Mühe."

Dilan schluckte trocken und wünschte sich erneut
das Loch im Boden herbei, um darin zu verschwinden.
„Es war meine Schuld, Mr. Harker." Seine Stimme
klang heiser.

„Und du bist, junger Mann?"

„Dilan. Dilan Wilks."

„Der Sohn von Judie. Klar. Du bist doch das
Schwimmtalent?"

Obwohl sich das nach einem Kompliment anhörte,
war es Dilan unangenehm. Vor allem, da er aus dem
Augenwinkel wahrnahm, wie Colin zusammenzuckte.
In diesem Moment offenbarte sich alles: Nicht nur, was
Colin durch seinen Unfall verloren hatte, sondern

auch, dass es seinen Vater ebenso beschäftigte. Schlimmer noch, es hatte einen Keil zwischen sie getrieben.

Instinktiv registrierte Dilan das und wünschte sich, Colin beistehen zu können. „Nur, weil ich einen tollen Coach und einen ebenso fähigen Co-Trainer habe." Mit dem Kinn deutete er auf Colin.

„Ist das so?", fragte Mr. Harker, dessen Blick, den er seinem Sohn zuwarf, Zweifel ausdrückte.

„Aber absolut!" Dilan nickte eifrig. „Seit ich zusätzlich mit Ihrem Sohn trainiere, habe ich mich deutlich verbessert. Ich lerne viel von ihm."

„Na dann." Einen Augenblick schien es, als wollte Mr. Harker noch etwas sagen, doch er nickte nur, fuhr herum und verließ ohne ein weiteres Wort den Laden durch die Tür zum Haus.

„Danke", murmelte Colin.

„Nicht dafür."

Einen Moment sahen sie einander an, auf eine intensive Weise, als könnten sie den anderen in diesem Moment sehen, wie er tatsächlich war. Ohne eine Ablenkung oder Fassade. Den verletzlichen Kern, der in ihnen steckte und den sie unter Lagen von Verhaltensweisen, Rollen und dem, was von ihnen erwartet wurde, zu verstecken versuchten.

Zu gerne hätte Dilan Colins Hand ergriffen und ihn an sich gezogen. Aber weder war dies der richtige Ort, nach den jüngsten Geschehnissen umso weniger, noch erlaubte er sich, diesem Impuls nachzugeben.

Colin räusperte sich, trat hinter den Tresen und kehrte mit einer Schachtel in der Hand zurück. „Hier, der Herr."

„Was ist das denn?"

„Der Grund, weshalb du hier bist, oder?“

Dilan betrachtete die Schachtel, musste grinsen, während ihm in derselben Sekunde erneut die Schamesröte in den Kopf schoss. Ihm lag auf der Zunge zu sagen, dass die Verlegenheit ihn hatte dummes Zeug reden lassen und er die Dinger nicht brauchte, doch dann regte sich etwas in ihm. Eine draufgängerische Seite, die die Initiative ergreifen wollte. „Ist das die Standardgröße?“

„Wie bitte?“

Innerlich jubelte Dilan, dass es ihm endlich gelungen war, Colin zu verunsichern. „Die Standardgröße passt nicht. Keine Chance. Ich brauche schon XL.“

Einen Sekundenbruchteil starrte Colin ihn an, als hätte er gerade ein kleines grünes Männchen erblickt, dann prustete er los. „So ein Dummschwätzer“, sagte er, als das Lachen abgeebbt war.

„Oder einfach ehrlich.“ Dilan grinste breit, stolz darauf, dass die Kühnheit ihm immer noch die Brust weitete. „Aber ich probiere die mal aus. Kann man ja sicherlich umtauschen, falls sie nicht passen?“

„Aber klar doch. Ich würde dir auch unsere Umkleiden zum Anprobieren anbieten, aber die renovieren wir gerade.“

Nur mit Mühe konnten sie neuerliches Kichern unterdrücken.

„Na dann. Sehen wir uns morgen, oder?“, fragte Dilan.

„So ist es.“

„Was schulde ich dir?“

„Geht aufs Haus.“

„Jetzt echt?“

„Klar doch. Muss doch darauf achten, dass mein Schützling glücklich ist.“ In Colins Augen blitzte etwas auf, das darauf schließen ließ, dass auch in ihm die verwegene Seite erwacht war.

„Gut, dass ich das jetzt weiß."

„Solltest du auch nicht vergessen."

„Auf keinen Fall." Dilan schluckte, und der Schneid, der zuvor sein Handeln bestimmt hatte, fiel in sich zusammen. „Ich sollte dann mal los."

„Okay. Bis morgen."

„Bis morgen."

„Dilan?"

Den Griff der Ladentür in der Hand drehte sich Dilan herum.

„Nicht zu viel Glück."

„Wie?"

Ein anzügliches Grinsen zeigte sich auf Colins Gesicht. „Treib es nicht zu bunt. Schließlich werde ich dich morgen hart rannehmen."

Eine Steilvorlage, die Dilan zu gerne verwandelt hätte, aber sein zuvor erwachter Mut ließ sich weiterhin nicht blicken. „Okay", sagte er und verließ das Lädchen.

Ohne sich umzusehen, ließ er die Tankstelle und Colin hinter sich, während er sich fragte, was da eben passiert war. Machte er sich etwas vor, oder hatte es eben zwischen ihnen gefunkt?

Und willst du das?

Eine rhetorische Frage, das war ihm klar.

Noch nie hatte er etwas so gewollt.

Das Gluckern des Wassers in seinen Ohren schwillt rhythmisch an und ab. Als schwämme er in einem Organismus, der ihn atmet, umfängt und vorangleiten lässt.

Die seltsame Logik der Traumwelt schenkt ihm die Gewissheit, dass er sich in einem solchen befindet, ohne ihn herauszureißen aus dem Fluss. Er darf weitertreiben in der entrückten Wirklichkeit der Dämmerwelt, die ihm sogar ein Geschenk überreicht, das er hier ohne Scham annimmt: Colin.

Dilan kann ihn durch die fließende Oberfläche des Wassers sehen, verzerrt und dennoch nichts von seiner Attraktivität und Wirkung auf Dilan einbüßend.

Einen Augenblick verweilt er noch in diesem Anblick, dann übernimmt das Begehren, bricht sich Bahn, indem es den Staudamm aus Bedenken bersten lässt.

Er stößt empor, durchbricht die Wasseroberfläche und greift nach Colin, der ihn vom Beckenrand betrachtet. Reißt ihn mit sich und küsst ihn. Geht auf in dem Glück ...

... das ihn ins Erwachen begleitet. Sich in seinem Herzen einnistet.

Wann übernimmt der mutige Dilan wieder die Kontrolle?, fragt er sich.

10

Atmen. Nächster Zug. Atmen. Nächster Zug.

Eine Welt, die so klar war. Eindeutig und vorhersehbar. Er führte die Hände nach vorne, dann in weitem Bogen auseinander und ließ sie vor der Brust wieder zueinanderfinden. Der Augenblick, in dem er den entstehenden Vortrieb dafür nutzte, den Kopf über die Wasseroberfläche zu heben, um Luft zu holen.

Die Mechanik war schlicht, und dennoch bedurfte es seiner vollen Aufmerksamkeit, die Bewegung sauber auszuführen. Die Finger aneinanderzupressen, damit die Hände zu Schaufeln wurden, die eine maximal große Wasserverdrängung gewährleisteten, was wiederum mehr Schub bedeutete.

Obwohl er über seine Zehen weitaus weniger Kontrolle hatte, versuchte er sogar, aus diesen eine geschlossene Einheit zu machen. Achtete auf das linke Bein, von dem er wusste, dass es dazu neigte, die schneidersitzartige Bewegung, die dem Brustschwimmen eigen war, unsauberer auszuführen als das rechte.

Und trotz dieser Gedanken, dem ständigen Bestreben, alles optimal auszuführen, verwob sich alles zu einem Kontinuum, das vom Gleiten durchs Wasser bestimmt wurde. Er war eine Maschinerie, die zur selben Zeit die Bewegungen kontrollierte und ausführte.

Außerhalb des Wassers war es meist so, dass seine Gedanken vorplanten, auswerteten, abwägten und sich damit in der Zukunft oder der Vergangenheit befanden, während sein Körper zeitweise davon losgelöst schien.

Hier war alles eins, und alles war er.

Schwimmen wurde zu Gleiten, und Gleiten wurde zu Fließen. Und irgendwann gab es nur noch Wasser.

Als die Hand vor ihm auftauchte, stoppte er abrupt und tauchte auf. Sein Verstand benötigte Zeit, um ihn einzuholen, und selbst als er eingetroffen war, vergingen Sekundenbruchteile, bis er in der Lage war zu erkennen, was geschehen war.

„Sorry. Ich wollte dich nicht erschrecken und eigentlich auch nicht unterbrechen, wo du so gut im Fluss warst. Aber ich befürchte, dass du zu ausgepowert bist, wenn du noch weitere Bahnen in dem Tempo zurücklegst, und ich wollte mit dir deine Kraft anders nutzen." Colin, der am Beckenrand hockte und zu ihm herunterblickte, grinste etwas verlegen.

Dilans Verstand trieb davon und überließ der Intuition und den Emotionen das Feld. Vor allem einer: dem Verlangen.

Die Szene aus seinem Traum tauchte vor seinem geistigen Auge auf und ließ auch die mutige Seite in ihm erwachen.

Obwohl sein Herz durch die Anstrengung bereits in seinen Ohren pochte, peitschte das Begehren es weiter an. Flutete seinen Körper mit Hitze, schärfte seinen Blick für Details an seinem Gegenüber, die das Begehren noch verstärkten: wie Colin den Kopf schief legte, sich in dessen Augen Verlegenheit zeigte und sich seine

Lippen leicht öffneten, während der Adamsapfel sich beim Schlucken hob und senkte. Dabei trat die Muskulatur des Halses unter der Haut mit den Bartstoppeln hervor, deren Kitzeln Dilan auf seinen Lippen spüren wollte.

Colin schien die Pause, die entstanden war, so zu interpretieren, dass Dilan ihn nicht verstanden hatte. Er beugte sich weiter zu ihm herunter, wobei er sich mit den Händen am Beckenrand abstützte.

Sein Gesicht war nun nahe an Dilans, während sein Trizeps hervortrat und sich die Brustmuskulatur unter dem engen Shirt anspannte.

In Dilans Brust explodierte etwas. Die Begierde, deren Zündschnur sich durch das ständige Anzünden und Löschen ohnehin bereits verkürzt hatte, wurde wieder angesteckt und löste die Explosion aus, die angespannte Lust entfesselte.

Ohne nachzudenken, sich dabei von außen betrachtend, griff Dilan nach Colins Schultern, erfasste sie und zog ihn dann zu sich ins Wasser.

Kurz tauchten sie unter, dann wieder auf, was nicht dafür sorgte, dass sich Dilans Gefühle abkühlten. Im Gegenteil.

Colins weißes Shirt klebte ihm nun durchscheinend am Körper, und der Blick, den er Dilan zuwarf, machte ihn rasend.

Er schlang seine Arme um ihn, presste den Mund auf Colins, und während die innere Stimme noch schrie, was zum Teufel er da machte, und dass er gleich einen Schlag von Colin kassieren würde, spürte er, wie sich dessen Lippen öffneten.

Ihre Zungenspitzen trafen sich, und Dilan genoss das Kribbeln, das durch seinen gesamten Körper fuhr.

Doch im nächsten Augenblick tauchten sie unter die Wasseroberfläche und kurz darauf prustend auf, da sie während des Küssens die Schwimmbewegungen mit den Beinen eingestellt hatten.

„Komm. Lass uns rausgehen!", rief Colin zwischen zwei keuchenden Atemzügen, machte einen Schwimmzug zum Beckenrand und stemmte sich dann hinaus.

Dilan tat es ihm gleich.

„Was ist denn da los?" Colins Tonfall war von spöttischer Erregung durchwirkt, als er auf Dilans Badehose wies, in der sich eine stattliche Beule zeigte.

Einen Augenblick glaubte Dilan, dass es damit vorbei war und Colin ihn auslachen, ihm womöglich doch noch eine kleben würde für dessen völlig verrückte Aktion.

Doch stattdessen tat der einen Schritt auf ihn zu, küsste ihn erneut und fuhr mit der Hand Dilans Oberkörper hinab. Berührte, was sich in der Badehose aufbäumte, zunächst durch den Stoff, und zog sie dann herunter.

Ich träume, dachte Dilan. Das kann doch nicht wirklich passieren.

Aber selbst falls das ein Traum war, hoffte er, nicht aufzuwachen. Nein. Falls das ein Traum ist, willst du darin leben, dachte er.

„Nicht hier", raunte ihm Colin ins Ohr und schob Dilan sanft von sich, sodass der bereits befürchtete, nun doch zu erwachen.

Doch Colin entfernte sich nicht von ihm, sondern ergriff seine Hand und zog ihn mit sich. Dilan hatte Schwierigkeiten, ihm zu folgen, denn seine Beine glichen wächsern-weichen Stelzen, während er den Eindruck hatte, dass das gesamte Blut in sein bestes Stück geströmt wäre. Seine Erektion stand im krassen Gegensatz zum Zustand seiner Beine, was ihn auf kuriose Weise amüsierte.

„Alles gut?", fragte Colin ihn, der ihn in die Umkleide geführt hatte und Dilans Dauergrinsen bemerkte.

„Keine Ahnung", flüsterte Dilan und sah zu Boden. Spürte Colins Fingerspitzen am Kinn, die den Kopf sanft anhoben.

„Ich werde es gut machen", sagte er und grinste ebenfalls.

„Okay." Mehr als ein Flüstern brachte Dilan nicht zustande. Die Art, wie Colin das gesagt hatte, machte Dilan rasend: Es klang wie eine liebevolle Drohung, während es in seinen grünen Augen glitzerte und er sich auf die Unterlippe biss.

Wie ein hungriger Wolf stürzte er sich auf Colin und erschauerte, als dessen Zungenspitze erneut die seine fand, während Colin endlich das tat, was Dilan sich bereits in der Schwimmhalle gewünscht hatte. Er streifte die Badehose hinunter, und Dilan stöhnte auf, als Colin fest und fordernd seinen Penis umfasste und begann, ihn zu massieren.

„Langsam", Dilan keuchte, „sonst bin ich gleich schon so weit."

„Wäre das schlimm?" Der amüsiert-spöttische Blick, den Colin ihm schenkte, diese freche und irgendwie unbekümmerte Art – sie törnte Dilan fast noch mehr an als dessen schönes Gesicht und der muskulöse Oberkörper, der sich unter dem nassen Shirt abzeichnete.

„Nicht bevor ich das hier gemacht habe", entgegnete Dilan und zog ihm das Hemd über den Kopf. Fuhr dann mit den Fingern die Kontur der Muskulatur ab und umfasste mit den Fingerspitzen die Brustwarzen.

„Damit kannst du ruhig weitermachen", murmelte Colin.

Das fachte Dilans Lust weiter an. Er zog Colin die Trainingshose herunter und ging dann vor ihm auf die Knie.

„Ich war auch fast so weit", sagte Colin, als sie anschließend nebeneinander auf der Bank saßen.

Dilan kicherte. „Hat bei uns beiden nicht lange gedauert."

„Wahrscheinlich, weil ich es in den letzten Tagen schon so oft in meiner Vorstellung erlebt habe."

„Tatsächlich?" Dilan hob die Brauen.

„Du etwa nicht?" Colin stieß ihm den Ellenbogen in die Seite, als Dilan, betont cool, mit den Schultern zuckte. „Jetzt tu nicht so. Ich hab doch gesehen, wie du mich angeschaut hast."

„Könnte sein." Dilan schob die Unterlippe vor.

„Da will wohl einer Ärger." Dieses Mal rempelte Colin ihn mit der Schulter an.

Wie geht es jetzt weiter?, fragte sich Dilan und hoffte, dass ihm nicht anzusehen war, welches Chaos in seinem Innern tobte.

Hunderte unbeantwortete Fragen stoben durch sein Denken und rissen dabei alles mit sich, was er für das Fundament gehalten hatte, auf dem sein Leben aufgebaut war.

War es ein Fehler? Nur ein Ausrutscher? Oder will ich mehr davon?

Diese Fragen waren noch die am wenigsten unangenehmen, kratzten gerade mal an der Oberfläche des tiefen Abgrunds, der sich in ihm aufgetan hatte. Aber war der nicht schon vorher da gewesen? Und hatte er ihn nicht nur ignoriert?

Nun stand er an der Kante, konnte den Blick nicht mehr davon abwenden, und die eiskalte Luft, die von unten aufstieg, schlug ihm entgegen. Eine tiefe Stimme erklomm vom nicht sichtbaren Grund emporkletternd den Rand und baute sich vor ihm auf.

Nur eine Frage stellte sie ihm, doch diese riss auch die kümmerlichen Reste des Fundamentes seines Selbst mit sich:

Wer bist du?

11

Auf dem Heimweg, die Kapuze seines Hoodies tief ins Gesicht gezogen und die Hände ebenso in den Taschen vergraben, grübelte er über das nach, was geschehen war. Colin hatte ihm angeboten, ihn mitzunehmen, aber er wollte laufen. Die Möglichkeit erhalten, den Kopf freizubekommen.

Sosehr sich Colin auch im Anschluss um einen lockeren Umgang bemüht hatte, es war ihm nicht gelungen. Offensichtlich merkte er Dilan an, was in ihm vorging, die Scham glich einer Würgeschlange, die sich aus der Tiefe von Dilans Gewissen emporgeschlängelt hatte und anschließend Windung um Windung um ihn legte.

Vor allem sein Herz befand sich in ihrem Würgegriff, glich einer Orange, aus der bei jedem Schlag mehr Saft herausgepresst wurde. Ebenso die Erregung und die Freude, Colin endlich nähergekommen zu sein.

Sein Traum hatte sich erfüllt, doch was sich zunächst gut und richtig angefühlt hatte, verursachte nun ein Ziehen in Dilans Magen. Der Abgrund hatte sich in ihm aufgetan, aus dessen Tiefe die Stimme erklang, die die unangenehmen Fragen stellte. Dilan wusste, dass dies der Weg war, den er gehen musste.

Der Sprung in die Tiefe war unausweichlich, doch er traute sich nicht. Was erwartet mich dort unten?, fragte er sich. Und außerdem, wer sagte ihm, dass es überhaupt einen Grund gab? Was, wenn er ins Bodenlose stürzte?

„Kein Unterschied", murmelte er und spuckte aus. Wischte trotzig mit dem Handrücken die Speichelreste von den Lippen. Recht hatte er, denn er befand sich bereits im freien Fall. Und obwohl er mit Armen und Beinen ruderte, hoffte, irgendetwas erhaschen zu können, um sich daran festzuhalten, ihn umgab nur Leere.

„Solltest du nicht happy sein?", flüsterte er, und Tränen füllten seine Augen, schmeckten salzig im Mund. Sein erstes Mal, mit einem Kerl zumindest. Irgendwie hatte das mit Mädchen nie richtig gezählt, obwohl er sich das stets anders hatte einzureden versucht, doch ihm war nicht nach Jubeln zumute. Ganz im Gegenteil.

Du kannst mit niemandem darüber reden!

Er schluckte und konnte nur mit Mühe das Schluchzen unterdrücken.

Du bist völlig allein!

Seine Unterlippe bebte.

Und das Stipendium? Wie willst du das Training fortsetzen? Du kannst doch nicht allen Ernstes glauben, dass das mit Colin funktioniert!

Abrupt blieb er stehen, stützte die Hände auf den Oberschenkeln ab und hatte Schwierigkeiten, Luft zu bekommen. Die Welt drehte sich.

Was zum Teufel hast du dir nur dabei gedacht?

„Das ist das Problem, du dummes Arschloch", zischte er. „Du hast nur mit deinem Schwanz gedacht!"

Das stimmt nicht! Mach es nicht schlecht!

Er legte den Kopf zur Seite, als könne er so die innere Stimme, die anders klang als die übrigen, besser hören.

Es war nicht nur Geilheit! Da ist mehr!, insistierte die Stimme, und mit einem Mal sah er Colins Gesicht vor sich. Dessen grüne Augen mit dem Glitzern darin, das ihm signalisiert hatte, dass Colin etwas in ihm sah. Womöglich sogar mehr, als Dilan selbst in der Lage war, in sich zu sehen.

Seltsam war es im Anschluss gewesen, aber nicht wegen Colin. Der hatte versucht, Dilan entgegenzukommen, indem er ihn nicht bedrängte. Hatte das Chaos in ihm gespürt und darauf Rücksicht genommen.

Als wüsste er genau, was in mir vorgeht, dachte Dilan und wusste sofort, dass es zutraf.

Er straffte den Rücken und sah sich um, als erwartete er, beobachtet zu werden. Aber die Landstraße, die aus der Stadt heraus zum Trailerpark führte, wurde rechts und links von endlos scheinenden Landflächen flankiert, auf denen einzig vereinzeltes Buschwerk als Zuschauer ausgemacht werden konnte. Und sollte es einen menschlichen geben, hätte der hier wenige Möglichkeiten, sich zu verbergen.

„Hör auf mit deiner Paranoia!" Er sprach die Worte selbstsicher und an sich gerichtet aus, wusste aber um die Schwierigkeit, sie zu verinnerlichen. „Zumindest solltest du wissen, mit wem du sprechen kannst", sagte er und lachte angesichts des kuriosen Selbstgespräches in der Einöde.

Dennoch war dessen Quintessenz richtig, und er beschloss, die unmittelbar in die Tat umzusetzen. Doch kaum hatte er das Handy aus der Gesäßtasche gezogen und den Kontakt aufgerufen, stoppte sein Daumen, wenige Millimeter über dem Display, das den Anrufbutton zeigte.

Gibt es wirklich keinen Weg zurück?, fragte er sich. Noch konnte er alles als einmalige Geschichte abtun. Kurzfristige Verirrung! Obwohl er sich da was vormachte, könnte er damit durchkommen. Mit dem Anruf, den er tätigen wollte, versperrte er sich diesen Weg.

Sekunden verstrichen, die sich wie Ewigkeiten anfühlten, dann tippte er auf den Kontakt, und die Anzeige verkündete den ausgehenden Anruf.

Für einen Augenblick wollte er auf den roten Hörer drücken, um den Vorgang abzubrechen. Wollte in der Welt verbleiben, die er zu kennen glaubte, wohl wissend, dass es eine Illusion war. Dass ihm bewusst war, dass es sich um ein Trugbild handelte, war das eigentliche Problem.

„Oder eine Chance", murmelte er.

„Was? Dilan?"

Der Klang der Stimme aus dem Handy ließ ihn zusammenfahren. Sendete eine Woge der Aufregung vom Steiß zum Kopfhaar aufsteigend und kribbelnd in den Haarwurzeln verbleibend. Er sah sich selbst vor sich, vor einigen Jahren, als sie im Physikunterricht ein Experiment gemacht hatten, bei dem man eine elektrisch aufgeladene Kugel berührte, woraufhin einem die Haare vom Kopf abstanden.

„Dilan? Geht's dir gut?"

Wie soll ich das beantworten?, fragte er sich und rieb sich mit der Hand, die nicht das Telefon hielt, die Augen. „Ja." Er räusperte sich. „Oder nein. Keine Ahnung."

„Wo bist du?"

„Zwischen der Stadt und zu Hause."

„Okay. Ich bin gleich da."

Dilan wollte noch fragen, ob Colin wusste, wo *zu Hause* war, aber natürlich tat er das. Ebenso wie er wusste, was mit Dilan los war, dessen war er sicher.

Er hatte nicht gezögert, keine weiteren Fragen gestellt. Das Handy immer noch in der einen Hand, fuhr sich Dilan mit der anderen über das Gesicht, während die nächste Frage sich bereits in seinem Denken breitmachte: Ist das gut oder nicht?

Etwas, das sich wohl auf seine gesamte Situation ausweiten ließ, denn in ihm reifte eine Erkenntnis. Das Wissen, dass er bereits einen Fuß über den Rand des Abgrundes geschoben hatte und bereit war, hinunterzuspringen.

Was erwartet dich da unten?, fragte er sich.

12

„Was geht in deinem Kopf vor?" Es war das Erste, das Colin zu ihm sagte, nachdem Dilan in dessen Wagen gestiegen war. Abgesehen von einem kurzen Gruß, den sie ausgetauscht hatten. Als wären sie nur flüchtige Bekannte und nicht zwei Männer, die wenige Stunden zuvor leidenschaftlich übereinander hergefallen waren.

Dilan behielt den Blick auf die Straße vor ihnen gerichtet. Mittlerweile war die Dämmerung so weit fortgeschritten, dass Colin die Scheinwerfer eingeschaltet hatte. „Zu viel", sagte er dann.

„Verstehe ich."

Aus dem Augenwinkel beobachtete Dilan Colin und erwartete weitere Fragen, Ratschläge, irgendwas. Aber sein Co-Trainer sah seinerseits durch die Windschutzscheibe auf den Teil der Landstraße, den die Lichtkegel der Scheinwerfer der Dunkelheit enthoben, und schwieg.

Zunächst glaubte Dilan, dass Colin nicht wusste, was er sagen sollte, dann wurde ihm klar, dass er ihm Zeit gab. Ihm die Möglichkeit gab, das zu sagen, was er wollte und ebenso ob und wann. „Ist das nur eine Phase?", fragte er schließlich und sah zu Colin.

„Eines kann ich dir gleich sagen, ich bin kein Experte." Ein kurzes Auflachen entfuhr Colin, bevor er wieder ernst wurde. „Aber ich kann dir sagen, dass es in meinem Fall keine Phase war oder ist, ich das aber lange gehofft habe."

„Und jetzt?"

Colin zuckte mit den Schultern. „Natürlich wäre es einfacher. Leichter, normal zu sein." Mit der rechten Hand zeichnete er Anführungszeichen in die Luft, als er den letzten Satz aussprach. „Aber weißt du was?" Sein Blick traf Dilans.

Er schüttelte den Kopf.

„Mittlerweile bin ich der Meinung, dass es zu mir gehört. Dass ich nicht ich wäre. Ergibt das Sinn?"

Einen Augenblick überlegte Dilan, dann nickte er.

„Aber es ist ein langer Prozess gewesen. Ein Kampf, den ich vor allem mit mir selbst ausgetragen habe. Und es wäre wohl maßlos übertrieben, wenn ich behaupten würde, dass der beendet ist."

„Das ist es, oder?" Dilan bemerkte Colins fragenden Blick und räusperte sich. „Ich meine, dass es ein ständiger Krieg ist, der in einem tobt. Ich glaube, das ist das Schlimmste daran." Er schluckte trocken. „Ich weiß nicht, ob ich das will. Ob ich das kann." Bei dem letzten Satz brach ihm die Stimme.

„Ist es nicht." Colin griff nach Dilans Hand und hielt sie fest. „Zumindest nicht das große Gefecht. Das geht vorüber. Es sind dann immer wieder kleinere Schlachten, aber ich denke, das ist in jedem Leben so. Und nicht jeden Kampf muss man alleine führen."

Dilan, der Colins Hand betrachtete, wie die seine hielt, sah auf und in die grünen Augen. Erneut zeigte sich dieser Ausdruck darin, der ihm das Herz wärmte.

Er sieht dich, dachte er, und es war eine Gewissheit, die ihm Auftrieb gab.

„Ich weiß nicht ..." Er brach ab, kaute auf seiner Unterlippe.

„Du weißt nicht, wie das ist, mit einem Kerl etwas anzufangen?", fragte Colin grinsend.

„Irgendwie schon."

Colin lachte. „Oder war das jetzt zu forsch? Immerhin habe ich dich noch gar nicht gefragt, ob du das willst."

„Was denn?"

Die Lichter des Trailerparks waren in Sichtweite, doch Colin lenkte den Wagen an den Straßenrand und stoppte. Er wandte sich Dilan zu und ergriff auch noch seine andere Hand. „Das soll jetzt nicht zu kitschig werden, immerhin sind wir ja Kerle." Nervös kicherte er. „Und ich muss zugeben, dass sich meine Erfahrungen da ebenfalls auf wenige ..." Er ließ Dilans Hände los und winkte ab. „Du merkst, dass ich ebenfalls über nicht so viel Erfahrung verfüge, aber du gefällst mir. Sehr sogar. Du bist mir schon mal vorher aufgefallen, nicht in der Schule, da habe ich dich nicht so wahrgenommen, aber vor ein paar Monaten an der Tankstelle. Du hast auf dem Beifahrersitz gesessen und zu mir rübergeschaut."

Dilan nickte. „Daran erinnere ich mich."

„Echt?"

„Na klar. Aber ich habe gedacht, dass ich mir das nur eingebildet habe."

„Du meinst meine Blicke?" Colin knuffte ihm sanft gegen die Schulter. „Alter. Waren die nicht eindeutig? Ich dachte halt, dass du nicht auf Jungs stehst, weil ich keine Reaktion festgestellt habe."

„Was hast du denn erwartet? Dass ich dir die Zunge in den Hals stecke?"

Colin hob eine Augenbraue. „Das wäre wohl das Mindeste gewesen."

„Spinner." Nun war es Dilan, der Colin einen Klaps verpasste, doch Colin schnappte sich seine Hand und hielt sie fest.

„Jetzt hast du die Chance, dich zu entschuldigen."

„Okay", flüsterte Dilan, ohne sich zu rühren.

„Ich warte." Der freche Unterton und wie Colin schief grinste, ließ in Dilan endlich wieder das Verlangen erwachen, von dem er fast geglaubt hatte, es wäre verklungen.

Doch es war allenfalls verdeckt unter den Bedenken, die ihn auf dem Weg umgetrieben hatten, ohne dass es auch nur einen Hauch seiner Intensität eingebüßt hätte.

Und noch etwas wurde ihm klar, als er sich vorbeugte, die sanfte Berührung von Colins Lippen auf seinen spürte und wie der diese vorsichtig mit der Zungenspitze anstieß, was Dilan ein Kribbeln verursachte. Die Anziehung reichte tief. Tiefer, als er es jemals empfunden hatte.

Weil es wahrhaftig ist, dachte er, und der Gedanke floss in das Wohlgefühl ein, das ihn umfing, als sie einander weiter küssten. Dieses Mal nicht durch sexuelles Verlangen immer atemloser werdend, sondern auf eine ruhige und intensive Art, die Dilan mit diesem Augenblick und Colins Präsenz verwob. Als wäre jeder von ihnen eine genähte Puppe, aus der lose Fäden herausschauten, die endlich ihr Gegenstück gefunden hatten und damit verknotet werden konnten.

„Was ist los?", flüsterte Colin. Er hielt Dilans Gesicht noch in den Händen, soeben den innigen Kuss beendet.

„Das fühlt sich so …" Dilan biss sich auf die Unterlippe.

„Na, sag schon." Mit den Daumen strich Colin ihm sanft über die Wangen und sah ihn aufmunternd an.

„Tief", sagte Dilan und schlug die Augen nieder. „Bescheuert, oder?" Er spürte Colins Lippen sanft auf seiner Nasenspitze und sah auf.

„Überhaupt nicht." Langsam löste Colin seine Hände von Dilans Gesicht, strich ihm noch einmal über den Kopf, bevor er seine Schultern erfasste. „Ich fühle genau dasselbe, hatte aber Angst, es auszusprechen." Er zwinkerte ihm zu. „Du bist also mutiger, als du meinst."

„Ich habe immer gemeint, es ist nur Sex, weißt du? Nur ein Trieb, den ich anfangs unterdrücken wollte." Dilan rieb sich die Augen. „Was anfangs auch noch funktioniert hat. Aber dann …" Er schüttelte den Kopf. „Nicht wichtig. Zumindest nicht im Augenblick." Er sah Colin in die Augen. „Ich hätte nicht gedacht, dass da mehr sein könnte. Verstehst du, was ich meine?"

„Mehr, als du dir vorstellen kannst." Mit den Fingerspitzen strich Colin über Dilans Unterarme, die der auf den Oberschenkeln abgelegt hatte.

Dass sich selbst das so gut anfühlt, dachte Dilan und schloss die Augen.

„Genau das solltest du tun", sagte Colin. „Wir beide sollten das."

„Was?"

„Auf diese Gefühle vertrauen. Einfach dem nachgeben, was richtig erscheint."

Dilan schlug die Augen auf. „Meinst du echt?"

Ein verschmitztes Grinsen zierte Colins Mund. „Was würdest du sagen, wenn ich gerade den Wunsch verspüre, das zu tun?" Er beugte sich vor und küsste Dilans Hals.

Als er sanft daran knabberte, zuckte Dilan kichernd zusammen.

„Was hältst du von dem, was mein Bauch mir geraten hat?", fragte Colin.

„Ich denke, dass mein Bauch mehr davon benötigt, um das zu entscheiden", entgegnete Dilan.

„Na dann."

Noch bevor Dilan darüber nachdenken konnte, was Colin damit meinte, hatte der sich auf ihn gestürzt, ihn nach hinten gedrückt und das Shirt hochgezogen, sodass Dilans Bauch frei lag. Auf den presste Colin seinen Mund und stieß prustend Luft aus.

„Stopp!", schrie Dilan laut gackernd und versuchte, Colins Kopf von sich fortzudrücken.

Doch der hielt mit großer Kraft dagegen und setzte die Aktion fort.

„Gnade", winselte Dilan. „Ich mach mir gleich in die Hose. Bin doch superkitzelig ... am ... Bauch!" Das letzte Wort war mehr ein Kieksen und eine Schrecksekunde lang glaubte Dilan tatsächlich, die Kontrolle über seine Blase zu verlieren.

„Habe ich deinen Bauch überzeugt?", fragte Colin, der endlich Erbarmen zeigte und aufgehört hatte.

„Ich denke schon." Dilan beugte sich zu ihm rüber und küsste ihn. „Aber jetzt sollte ich langsam nach Hause, sonst macht meine Mutter sich Sorgen." Kaum hatte er das gesagt, schämte er sich. Denn seine Mom war nicht zu Hause, sondern hatte bereits die Arbeit in der Bar angetreten.

„Okay", sagte Colin, und seinem Gesichtsausdruck war anzusehen, dass ihm bewusst war, dass Dilan nicht die Wahrheit gesagt hatte.

„Warte", sagte Dilan und verhinderte, dass Colin den Zündschlüssel drehte, um den Motor anzulassen, indem er nach dessen Hand griff. „Ich habe gelogen. Es ist ..." Mit der Faust hieb er sich auf den Oberschenkel, als könnte er so die Ängste, die er empfand, vertreiben. „Ich habe Schiss. Was passiert, wenn das jemand herausfindet?"

„Dazu wird es nicht kommen. Wir sind vorsichtig." Colin rieb sich das Kinn. „Wenn mein Vater das herausfindet ..." Er stieß die Luft aus und schüttelte dabei den Kopf.

Dilan spürte, dass mehr dahintersteckte, eine Geschichte, die Colin beschäftigte, sogar sehr. Aber er wollte nicht nachfragen, ihn nicht drängen. Er wird es dir sagen, wenn er so weit ist, sagte sich Dilan.

„Aber für dich ist es sogar noch wichtiger, dass es niemand erfährt." Colin sah Dilan eindringlich an. „Deine ganze Zukunft, das Stipendium, alles steht damit auf dem Spiel. Es würde zwar niemand zugeben, heute geben sich alle weltoffen und tolerant, aber als Schwuler in der Schwimmmannschaft eines Colleges, womöglich irgendwann sogar als Profi?" Er verzog den Mund, als hätte er etwas Verdorbenes gekostet. „Und es wäre auch nicht gut für deine Vorbereitung. Und die hat für mich weiterhin höchste Priorität. Du bist verdammt gut, Dilan. Und ich glaube, dass du vieles erreichen kannst. Auf keinen Fall werde ich dir im Weg stehen."

Er räusperte sich. „Das heißt auch, dass du jederzeit sagen kannst, wenn es dir zu viel wird. Gilt ebenso, falls du der Meinung bist, dass das Training mit mir dadurch problematisch wird."

„Ich verstehe nicht, was du meinst."

Colin nahm Dilans Hände in seine. „Du musst dem Schwimmen ebenso die höchste Priorität einräumen. Versteh mich nicht falsch – ich finde dich wahnsinnig sexy und würde auch das andere gerne mit dir vertiefen, aber nicht zu dem Preis, dass der Sport darunter leidet."

„Aber hast du nicht gesagt, wir sollen danach handeln, was richtig erscheint?" Dilan zog die Brauen zusammen. Irgendwie fühlte sich das wie eine Zurückweisung an.

„Das widerspricht sich ja nicht. Weil ich nicht sage, dass wir beide nicht schauen sollen, wo das mit uns hinführt. Aber sollte es deinem Training in die Quere kommen oder sonst wie deinen Erfolg gefährden, müssen wir es auf jeden Fall beenden."

Ist das nicht irre?, dachte Dilan. Eben noch hattest du Sorge, dass es jemand herausfinden könnte, und jetzt hast du Angst, dass es gar nicht erst beginnt.

„Hey." Colin legte den Kopf schief. „Jetzt mach nicht so ein Gesicht."

„Das hört sich total kompliziert an." Dilan seufzte.

„Ist es auch, und das wird es bleiben. Da können und sollten wir uns nichts vormachen."

Dilan nickte und versuchte, den Kloß im Hals herunterzuschlucken. Ihm war nach Heulen zumute. Was für

eine Achterbahnfahrt!, dachte er angesichts des Hoch-
gefühls, das er noch wenige Momente zuvor empfunden hatte, als sie einander geküsst hatten.

„Aber einfach kann doch jeder", sagte Colin, berührte
mit den Fingerspitzen sein Kinn und hob Dilans Kopf
an, sodass sie einander erneut ansahen. „Und wir sind
doch nicht jeder, oder?"

Das brachte Dilan zum Grinsen. „Ganz bestimmt
nicht."

„Na siehst du." Mit dem Daumen strich Colin ihm
über die Wange. „Also, Dilan Wilks, willst du mit mir
versuchen, eine komplizierte, aber sicherlich aufre-
gende und spannende Liaison einzugehen?"

„Liaison?"

„Was hab ich mir nur für einen Cowboy angelacht."
Colin schnaubte übertrieben. „Willst du mich heimlich
daten, um in der Umkleidekabine der Schwimmhalle
hemmungslosen Sex zu haben?" Er lachte und Dilan
stimmte ein.

„Du Spinner", sagte Dilan schließlich, als das Gelächter abgeebbt war. „Aber um auf deine Frage zurückzu-
kommen, ich lasse mich auf diese geheim-komplizierte
Liaison mit dir ein." Er knuffte Colin gegen die Schulter.
„Ich weiß nämlich sehr wohl, was das Wort bedeutet,
und eigentlich ist es frech, danach zu fragen."

„Warum?" Colin hob die Brauen.

„Na, bedeutet es nicht, dass man eine Art Affäre hat?
Etwas ohne Substanz?"

„Soso. Kaum sind wir uns nähergekommen, redest du
schon von Substanz?" Colin grinste.

„Na, für eine Liaison ist mir das zu viel Aufwand."

„Rotzfrech ist er."

„Nur ehrlich." Dilan lächelte ebenfalls.

„Dilan Wilks, du gefällst mir immer besser, und ich werde es anders formulieren. Bist du bereit, mit mir eine heimlich-komplizierte Verbindung einzugehen, die zu einer Beziehung werden könnte?"

Dilan schluckte geräuschvoll.

„Zu viel?", fragte Colin.

Dilan schüttelte den Kopf. „Ganz im Gegenteil. So ausgesprochen ... Ich weiß, dass ich das möchte. Von dem Heimlich-kompliziert-Teil mal abgesehen."

„Also dann." Colin beugte sich vor, und sie küssten sich.

Die Vollkommenheit des Momentes hüllte Dilan warm ein und erstickte die angesichts des *Heimlichkomplizierts* aufkeimenden Bedenken. In diesem Augenblick war alles möglich und einfach wunderschön.

13

„Gehst du mir aus dem Weg?"

Dilan, der gerade dabei war, sein Mathebuch aus dem Flurspind zu holen, sah zur Seite und in Tylers Gesicht. „Wie kommst du darauf?"

„Ich dachte, du meldest dich mal, dann könnten wir zusammen abhängen."

Das schiefe Grinsen, das Tyler Dilan präsentierte, ließ ihn unweigerlich an die Duschszene nach dem Wettkampf denken, denn es schien klar, dass Tyler diese Form des Abhängens meinte.

„Sorry, aber ich habe echt viel um die Ohren." Dilan schloss die Tür und verriegelte sie, indem er am Zahlenschloss drehte. Das Mathebuch hielt er vor der Brust, als wäre es ein Schild, mit dem er sich gegen Tylers Annäherung wappnete.

„Hab schon gehört, dass du einen neuen Coach hast."

„Co-Trainer. Matt ist weiterhin mein Coach, aber zusätzlich arbeitet Colin noch mit mir."

„Soso." Mit der Schulter lehnte sich Tyler lässig gegen den Nachbarspind und sah Dilan provozierend an. „Er *arbeitet* mit dir."

„So ist es." Dilan bemühte sich um einen beiläufigen Tonfall. Er hatte nicht vor, sich aus der Ruhe bringen zu lassen, obwohl in seinem Kopf die Alarmglocken schrillten.

ER WEISS ES!, stand in roten fetten Lettern an der Mauer, die sein Bewusstsein aufgebaut hatte, um dahinter zu verstecken, was nicht an die Öffentlichkeit dringen durfte. Das bist du, dachte Dilan und zuckte zusammen, als ihm das klar wurde: Es war sein wirkliches Selbst, um das er eine Wand gezogen hatte, um es so von der Außenwelt abzuschotten.

Tylers Augen verengten sich. „Wie sieht diese Arbeit denn aus?", fragte er, wobei er einen sarkastischen Unterton anschlug.

Sei vorsichtig!, riet Dilans innere Stimme, und es gelang ihm, ein spöttisches Grinsen aufzusetzen, als er sagte: „Ich weiß ja nicht, wie das bei euch abläuft, aber bei uns heißt das vor allem Schwimmen, Kraft- und Ausdauertraining."

„Ausdauertraining?" Der Sarkasmus war nun kein Unterton mehr, sondern das als Frage intonierte Wort troff davon.

„Was ist dein Problem?" Dilans Zurückhaltung zerbröselte, und er stellte fest, dass es ihm egal war.

„Ich dachte nur bei dem, was man sich über Colin erzählt." Tyler zuckte die Achseln und machte ein unschuldiges Gesicht. „Das Verhältnis von Sportler und Coach kann eng sein." Er drückte sich vom Spind ab, hob dann entschuldigend die Hände. „Sorry. Meinte selbstverständlich *Co-Trainer.*"

Dilan holte tief Luft. Hoffte, so die Wut, die mittlerweile einem Pulverfass glich, dessen Zündschnur nahezu abgebrannt war, zurückdrängen zu können. „Keine Ahnung, was du meinst oder von mir willst.

Aber ich muss jetzt zum Unterricht." Ohne eine Antwort abzuwarten, ging er an Tyler vorbei.

„Du weißt, was ich will", entgegnete der.

Kurz zögerte Dilan und überlegte, ob er sich noch mal zu Tyler umdrehen sollte. Aber er wollte diese unangenehme Unterhaltung, dieses seltsame Zusammentreffen beenden.

„Frag ihn doch mal nach seinem Reitunfall", rief Tyler ihm nach.

Das ließ Dilan herumfahren und die wenigen Schritte zu den Spinden zurückgehen. „Was hast du gesagt?"

„Der Reitunfall, weshalb Colin das Training aufgeben musste. Du solltest ihn mal danach fragen. Könnte interessant sein."

Am liebsten hätte Dilan ihm das schiefe Grinsen aus der Visage geprügelt. Doch stattdessen hielt er das Mathebuch weiterhin schützend vor der Brust umklammert, während die Knöchel seiner Finger weiß hervortraten. „Keine Ahnung, was du damit bezweckst. Aber lass mich in Ruhe, und hör auf, irgendwelche Geschichten zu erzählen."

„Hey!" Tyler präsentierte die Handflächen, als würde er sich ergeben. „Kein Grund, auszuflippen. Ich bin nur aufmerksam und wollte dir helfen."

„Helfen?" Dilan schnaubte. „Hilf dir erst mal selbst." Obwohl er keine Ahnung hatte, was er damit meinte, schien diese Aussage zu wirken.

Zumindest drehte sich Tyler um, die Hände immer noch erhoben, und schlenderte dann davon. Es wirkte lässig und beiläufig, als hätten sie eben über das Wetter geredet und nicht etwas, das wie ein dunkles Geheimnis wirkte.

Auf dem Weg zum Klassenzimmer musste Dilan an die gestrige Situation in Colins Auto denken und daran, dass er dort bereits den Eindruck gehabt hatte, dass den Reitunfall eine Heimlichkeit umgab. Eine Geschichte, die nicht an die Öffentlichkeit gelangen sollte, wie die Sache mit ihm und Colin.

Soll ich Colin danach fragen?, fragte er sich und verneinte dies sogleich. Vor seinem geistigen Auge erschien Colins Gesicht und wie seine Züge hart wurden, wenn er ihn darauf ansprechen würde.

Tyler war ein Unruhestifter und hatte den Samen des Zweifels in seinen Kopf säen wollen, was ihm auch ein gutes Stück weit gelungen war. Doch Dilan wollte nicht zulassen, dass dieser Wurzeln trieb. Er wollte seinen ursprünglichen Vorsatz, Colin den Freiraum zu geben, dann darüber zu sprechen, wenn er so weit war, nicht über den Haufen werfen.

Mathe gehörte nicht zu Dilans Lieblingsfächern, dennoch war er heute froh darüber, sich bei den Aufgaben den Kopf zerbrechen zu müssen. So war dieser zumindest damit beschäftigt und konnte die Gedanken nicht um Tyler und Colin kreisen lassen.

„Alter, wir sehen dich ja überhaupt nicht mehr", ertönte es von hinten, kaum hatte die Schulglocke das Unterrichtsende verkündet.

Es war Devon, selbstverständlich in Sidneys Begleitung, die beide eigentlich nicht in seinem Mathe-Kurs waren, sondern extra seinetwegen den Raum betreten hatten, was ihn auf gewisse Art rührte.

„Sorry, Jungs." Mit weit ausgebreiteten Armen umarmte er die beiden kurz. „Ist echt übel mit mir. Ich weiß. Aber das Training frisst meine ganze Zeit auf."

„Na, du wirst doch zumindest mal Zeit haben, um Samstagabend auf die Party zu kommen?", fragte Sidney.

„Party?" Dilan schlug das Mathebuch zu und sah seine Freunde stirnrunzelnd an.

„Dass du davon nichts weißt." Devon grinste. „Dabei ist es doch die Party deiner Freundin."

Obwohl er innerlich zusammenzuckte, ließ sich Dilan nichts anmerken. „Ich habe keine Freundin", sagte er, wobei er sich stimmlich nicht so gut im Griff hatte wie äußerlich, denn sein Tonfall war schneidend.

„Sorry, Alter. Hat sie dich abblitzen lassen, oder was?" Devon hob beschwichtigend die Hände. „Dachte mir schon, dass da irgendwas ist."

„Weshalb?" Sofort bedauerte Dilan die Frage, die er wiederum zu scharf intoniert hatte und die er sich besser gespart hätte. Wenn er gar nicht groß darauf eingegangen wäre, hätte die Sache im Sande verlaufen können, jetzt hatte er ein Fass aufgemacht.

„Na, weil ihr euch aus dem Weg geht, meint er", entgegnete Sidney und sprang so Devon zur Seite. „Und man merkt auch so, dass ihr seit eurem Treffen nicht wirklich gut aufeinander zu sprechen seid."

Die Frage, ob Beth etwas gesagt hatte, lag Dilan auf der Zunge, doch dieses Mal war sein Verstand schneller und sorgte dafür, dass sie unausgesprochen blieb. „Also Party", sagte er stattdessen. Froh darüber, einen beiläufigen, nahezu fröhlichen Tonfall angeschlagen zu haben. „Wann geht es denn los?"

Devons Augen weiteten sich und leuchteten. „Dann kommst du?"

„Na klar."

„Super. Das wird bestimmt 'ne Hammerparty. Beths Bruder besorgt jede Menge Alk, hat sie gesagt." Auch Sidneys Gesicht spiegelte die Begeisterung, die er angesichts von Dilans Zusage empfand.

„Und nicht nur das." Devon führte Zeige- und Mittelfinger zum Mund, als hielte er eine Zigarette. „Chris hat auch immer was zu rauchen." Er grinste breit.

Dilan rang sich ebenfalls ein Lächeln ab, denn in seinem Innern sah es anders aus. Samstagabend hatte er sich nach dem Training mit Colin treffen wollen, da seine Mom arbeiten musste und sie so ungestört gewesen wären.

Aber weiterhin galt, dass niemand etwas erfahren durfte, und außerdem stimmte es, dass Dilan seine Freunde viel zu lange vernachlässigt hatte. Nach Tylers seltsamen Aussagen erschien es ihm umso wichtiger, keine Aufmerksamkeit zu erregen. Wenn er nicht auf Beths Party auftauchte, auf die sicherlich jeder ging, der dort geduldet wurde, würde das den Leuten auffallen.

Er wird es verstehen, sagte sich Dilan, als er an Colin dachte. Und obwohl er sicher war, dass das stimmte, fragte er sich, ob er es selbst verstand. Ob er verstehen wollte, dass er lügen musste, um das zu verbergen, was er eigentlich war und wollte.

14

„Cool, dass es wirklich klappt!" Mit diesen Worten empfing Devon ihn, als Dilan die Tür zur Rückbank des klapprigen alten Buicks öffnete, um einzusteigen. Wieder einmal fragte er sich, ob die Rostlaube es schaffen würde, sie bis zum Ziel zu bringen, oder vorher auseinanderfiel.

„Hier!" Sidney hatte sich vom Beifahrersitz zu ihm umgewandt und hielt ihm eine Dose Dr. Pepper hin.

„Was ist das?", fragte Dilan, der sicher war, dass Aufschrift und Inhalt des Behältnisses allenfalls in Teilen miteinander zu tun hatten.

„Wodka", sagte Sidney und bestätigte damit Dilans Vermutung.

„Hab sogar noch etwas Gras gefunden." Devons Augen, die im Innenspiegel zu sehen waren, leuchteten vor Begeisterung.

„Nice." Dilan hoffte, dass sich das enthusiastisch anhörte. Um ehrlich zu sein, er hatte wenig Lust, sich heute volllaufen zu lassen, und noch viel weniger, sich das Hirn zu vernebeln. Zumal er die Begeisterung für Marihuana nie wirklich geteilt hatte. Bei ihm löste das Zeug meist Halluzinationen aus, die ihm Angst machten. Beim letzten Mal hatte er die Paranoia entwickelt, sein Herz könne jeden Augenblick aufhören zu schlagen, was ihn fast in den Wahnsinn getrieben hatte.

Dennoch trank er einen Schluck aus der Dose und verzog angewidert den Mund. „Alter, was ist das denn für eine Mischung?"

„Mischung?" Sidney lachte grölend und Devon stimmte ein. „Wenn du was anderes als Wodka schmeckst, darfst du das getrost als Kontamination bezeichnen. Das ist nämlich keine Mischung."

Das Gelächter der beiden steigerte sich zu einem Grunzen, und Dilan trank einen weiteren Schluck in der Hoffnung, sich zumindest einen Hauch von Vergnügen antrinken zu können. Das wird nicht besser, sagte er sich und wusste, dass das wohlwollend untertrieben war, denn mit steigendem Alkoholpegel und dem Einsatz weiterer Substanzen würden nicht nur seine Freunde zu weiteren Späßen aufgelegt sein. Auf der Party erwartete ihn die volle Breitseite Feiervolkes des Abschlussjahrgangs.

Noch vor wenigen Wochen hättest du dich nicht zwingen müssen, dachte er. Er war zwar kein Partylöwe, aber es war eine der wenigen Formen der Abwechslung, die ihnen hier in der Pampa zur Verfügung standen. Und wenn man selbst breit war, wurde auch das dämlichste Gequatsche zu einer witzigen Unterhaltung und die bescheuerten Eskapaden, von denen es jedes Mal zur Genüge gab, lieferten den Gesprächsstoff für langweilige Schulstunden und überbrückten die Zeit bis zur nächsten Feier.

Aber eine Unternehmung wie diese ließ sich nicht mit dem Verstand angehen oder schönreden. Sie lebte ja davon, dass man den ausschaltete oder betäubte. Doch in Dilans Kopf gab es nur das Training und die Gewissheit, dass ein Absturz heute bedeutete, dass er morgen nicht oder zumindest nur eingeschränkt einsatzfähig war. Das war der Teil, den sein Denken vorschob, während sein Herz Colin herbeisehnte. Sich an ihn schmiegen wollte, die Nase in sein Haar graben und den Duft des herben Shampoos riechen wollte, das er benutzte.

„Hier." Er reichte die Dose an Sidney zurück, spürte die Wärme des Wodkas, die sich vom Magen aus ausbreitete, und fühlte sich kurz darauf ein wenig leichter. Dir wird nichts anderes übrig bleiben, als dich daran zu halten, dachte er und musste grinsen.

„Na geht doch. Dr. Pepper wird's schon richten", sagte Sidney, der Dilan ansah. „Du bist so ernst in letzter Zeit. Ist gut, dass du mal wieder auf andere Gedanken kommst. Immer nur im Wasser und Hanteln stemmen – das macht einen doch bekloppt."

„Mir gefällt's", entgegnete Dilan.

„Und morgen kannst du ja zurück zu Nemo und Dorie, aber heute gehörst du uns." Devon blickte Dilan aufmunternd über den Innenspiegel an.

„Okay", sagte Dilan und präsentierte die Handflächen, um zu signalisieren, dass er der Aufforderung nachkommen wollte.

„Das wird super!" Sidney beugte sich nach hinten, um ihm auf die Schulter zu klopfen.

Dilan rang sich ein Lächeln ab und hoffte ein weiteres Mal, dass ihn die Begeisterung seiner Kumpel ansteckte. Schließlich warfen beide mit ausreichender Menge um sich. Doch es war, als versuchte man, mit einem Flammenwerfer Holz zu entzünden, das unter dem Meeresspiegel lag. Es lag sicherlich nicht an der Dimension des Feuers, dass dies nicht gelingen würde.

Die Analogie passte auch zu Dilans Empfinden. Er befand sich unter der Wasseroberfläche, wo Geräusche und Stimmen allenfalls gedämpft an die Ohren drangen, und man zwar sehen konnte, was jenseits der Oberfläche vorging, jedoch ohne ein Teil dieses Geschehens zu sein.

Während er durch das Gelächter und die dröhnende Musik trieb, dachte er an Colin und daran, wie schön es wäre, mit ihm zusammen zu sein. Es war, als hätte sich sein Leben aufgespalten in dieses hier, das sich, obwohl es den größten Teil seiner Realität ausmachte, wie Vergangenheit anfühlte und nicht mehr zu ihm gehörig. Auf der anderen Seite waren dort Colin und ein anderes Leben. Ein Pool, der vor ihm lag, und in den er mit Anlauf springen wollte, begierig darauf zu erfahren, was ihn in der Tiefe erwartete.

Jedoch nicht ohne Furcht. Angst, die sich wie ein bleiernes Gewicht an ihn kettete, sobald er über die Zukunft mit Colin nachdachte. Würde er in der Tiefe tatsächlich ein neues Leben entdecken oder feststellen, dass ihm die Luft ausging und er unweigerlich und qualvoll erstickte?

Wie ein Zombie taumelte er hinter Sidney und Devon her. Mechanisch umarmte er flüchtige bis bessere Bekannte und antwortete kurz und knapp das Nötigste auf die allgemein bei solchen Treffen gestellten Fragen. Und obwohl die im Grunde oberflächlich waren, offenbarten sie ihm umso mehr, was falsch lief.

„Wie geht's" oder „Alles klar?", hörte man überall, und er fragte sich, ob diese vermeintlich profanen Fragen jemals ehrlich beantwortet wurden. Ob tatsächlich jemand wissen wollte, wie es ihm ging, und dass eben nicht alles klar war.

Hier ist nur eines klar, dachte er bitter, dass ich nicht hier sein will.

„Da ist ja unser Weltklasseschwimmer", ertönte es unvermittelt von der Seite, und Dilan wandte den Kopf in diese Richtung. Musste sich anstrengen, um nicht zusammenzuzucken, als er Tyler erblickte.

In gewohnt lässiger Manier schlenderte der auf Dilan zu und ignorierte Devon und Sidney, die links und rechts von Dilan standen. Er wirkte wie ein Raubtier, das seine Beute fixierte und bereit war, sie zu reißen.

„Hast du heute kein Training?", fragte Tyler, und ein spöttisches Grinsen verriet, dass dies nur die Vorbereitung auf eine Gemeinheit war, die er loswerden wollte.

Hitze flammte in Dilan auf, und er fühlte sich tatsächlich wie ein in die Ecke getriebenes Tier. Woher kam dieser Eindruck, dass Tyler etwas wusste und nur auf den geeigneten Moment wartete, die Bombe platzen zu lassen?

„Nachts trainiere ich eher selten." Dilan hoffte, dass es beiläufig klang, besser noch, ein wenig sarkastisch, um Tylers Äußerung als das zu offenbaren, was sie war: dummes Geschwätz.

„Na, bei deinem neuen Co-Trainer." Tylers Grinsen wurde breiter, und die Hitze wurde zu eisiger Kälte, die Dilan vom Nacken aus die Wirbelsäule entlang bis zum Steiß herunterlief. „Der hat doch seine eigenen *Trainingsmethoden und -zeiten.*"

Dilan verschränkte die Arme vor der Brust und grub die Fingernägel in seine Oberarme. Der Schmerz war auf seltsame Art wohltuend. Er war wie ein Anker im tosenden Sturm der Gedanken, die durch seinen Kopf wirbelten. Einer davon brüllte am lautesten:

Er weiß es!

Und obwohl das an sich bereits eine beängstigende Vorstellung war, erkannte er mehr in Tylers Blick: In ihm lag etwas, das im Gegensatz zum lässig-selbstbewussten Auftreten und dem überheblichen Grinsen stand: Traurigkeit.

Das brachte Dilan deutlicher aus dem Konzept als der Gedanke, dass Tyler über ihn und Colin Bescheid wusste.

„Alter, da ist Beth!", rief Sidney und drückte Dilan an Tyler vorbei hin zur Gastgeberin, die auf sie zukam.

„Hey, Beth, coole Party." Dilans erste Äußerung, die vom Enthusiasmus durchtränkt war, den er zu finden versucht hatte, seit er sein Elternhaus verlassen hatte. Nur, dass der nicht darin begründet lag, Beth zu sehen, sondern Tyler und dessen seltsamen Blicken und Andeutungen entkommen zu sein.

„Hi, Dilan", sagte Beth und beugte sich vor, um Dilan Wangenküsse zu geben, wie es ihre Art war, ohne dabei mit den Lippen auch nur in die Nähe seiner Wangen zu gelangen. „Habt Spaß, ja? Muss leider weiter. Wir sehen uns." Nach diesen Worten flatterte sie, umgeben von ihrer Anhängerschaft, davon.

Zum zweiten Mal fühlte Dilan Dankbarkeit, denn die Flucht aus der einen unangenehmen Situation hätte in die nächste unangenehme Situation führen können. Wie seine Mutter sagte: *„Will get from bad to worst"*, also vom Regen in die Traufe. Aber dadurch, dass Beth offenbar daran festhielt, ihn zwar mit Distanziertheit, aber nicht offener Feindseligkeit zu bedenken, war es nicht dazu gekommen, und zumindest konnte er sich bei ihr mittlerweile sicher sein, dass es auch so blieb.

Tyler hingegen schien sich gerade erst warmzulaufen, um ein *„Pain in the ass"* zu werden, wie es so schön hieß, was bedeutete, dass er sich zu einem dauernervenden Problem auswachsen würde. Immer wieder tauchte er auf, und Dilan fühlte sich noch mehr wie ein Schiffbrüchiger im tosenden Ozean, der von Treibholz zu Treibholz schwimmen musste, um einem Hai zu entkommen, der Witterung aufgenommen hatte.

Dilan gelang es, den restlichen Abend zu überstehen, obwohl der sich hinzog, bis Sidney irgendwann so besoffen war, dass sie ihn nach Hause bringen und damit die Party endlich verlassen konnten. Es war ihm gelungen, Tyler weitestgehend aus dem Weg zu gehen, dennoch kreisten die Gedanken weiter um ihn und das, was er angedeutet hatte. Was zum Teufel konnte er im Einzelnen gemeint haben?

Zu Hause im Bett lag er noch einige Zeit wach, lauschte dem Rascheln, das der Wind verursachte, wenn er durch die Blattkrone des alten Baumes strich, der unweit ihrer Behausung stand.

Die Frage, die immer drängender wurde, kreiste wie ein Tiger im Käfig durch seinen Kopf: Was weiß Tyler?

15

Jetzt ist der Moment!

Einen Augenblick hielt sich der Impuls, den Kopf von Colins Brust zu heben, ihm in die Augen zu schauen und zu fragen: Was ist bei deinem Reitunfall wirklich geschehen? Und was weiß Tyler Walsh?

Doch dann fuhr Colin mit den Fingerspitzen erneut über Dilans Haar, und das angenehme Kribbeln, das die Berührung auslöste, war zu durchdringend, zu erfüllend, als dass er gewagt hätte, diesen Augenblick zu zerstören.

Das Glück strömte durch seinen Körper, durchdrang jede Faser und hüllte ihn wärmend ein, und dennoch wusste Dilan, wie flüchtig es war. Ein hauchdünner Wasserfilm auf der Haut, der jederzeit unter den sengenden Sonnenstrahlen der Realität zu verdunsten drohte.

Und so blieb er in Colins Nähe, lauschte dessen Herzschlag und fuhr seinerseits mit den Fingern den schmalen Pfad dunklen Haares entlang, der vom Nabel hinabführte. Verharrte einen Augenblick, als er den Schambereich erreichte, und überlegte, die Hand weiter hinabzubewegen.

„Nur zu." Colin klang amüsiert, und obwohl Dilan ihm nicht ins Gesicht sah, hatte er den Ausdruck darin klar vor Augen. Das spöttische Grinsen, das die Mundwinkel umspielte. Darunter das angedeutete Grübchen im Kinn. Darüber die schmale Nase, die von den grünen Augen eingefasst wurde, die dieses selbstsichere Glitzern aussandten, das Dilan wahnsinnig machte.

„Och nee", entgegnete er und genoss die kurze Pause, die entstand.

„Du kleiner Stinker."

Dilan spürte Colins Zähne sanft an seinem Kopf, als der zur gespielten Strafe hineinbiss.

„Ich sollte dich einfach fressen, dann bist du zumindest zu etwas nutze."

„Das schaffst du nicht." Dilan richtete sich auf und wandte sich ihm zu.

„Ich muss nur anfangen." Colin hob ebenfalls den Oberkörper und begann, an Dilans Schulter zu knabbern.

„Kannst es ja versuchen."

„Habe ich vor."

Dilan kicherte, als Colin sich zu seinem Nacken und schließlich dem Ohrläppchen hocharbeitete.

Er war froh, dass er sich noch bei ihm gemeldet hatte. Nachdem er nicht in den Schlaf finden konnte nach der Party, hatte er Colin eine Nachricht geschickt und zu seiner Freude postwendend eine Antwort erhalten. Die Frage, ob er noch vorbeikommen wolle, war rein rhetorischer Natur, was beiden klar war, und so war Colin auf sein Fahrrad gestiegen, um zum Trailer von Dilans Mom zu fahren. Wie ausgehungerte Wölfe waren sie übereinander hergefallen und das nicht nur einmal.

„Schau mal, wer ‚Hallo' sagt." Grinsend schob Colin die Decke zurück und entblößte Dilans wachsende

Erektion. „Aber da du ja gesagt hast, dass du nicht willst." Er zuckte die Achseln und zog das Laken wieder hoch.

„Jetzt gibt es Ärger." Dilan drehte sich zu ihm um und stürzte sich dann auf ihn.

„Na endlich", sagte Colin, woraufhin sie sich in einem zärtlichen Kampf über das Bett wälzten, an dessen Ende Dilan auf dem Bauch seines Partners saß und dessen Handgelenke auf die Matratze drückte.

„Gib's mir." Colin sah ihn lüstern an.

Das sorgte dafür, dass bei Dilan der Damm brach und damit die Idee, mit Colin über Tyler und den Reitunfall zu sprechen, auf der Prioritätenliste weit nach unten rutschte. Wie auch sein Mund an Colins Körper, den er mit Küssen übersäte.

Kann ich jemals genug von dem Kerl bekommen?, fragte er sich und erhielt die Antwort, als die Woge des Verlangens dazu führte, dass er in die Brustwarze biss, die er gerade mit der Zunge liebkoste.

„Aua!", rief Colin, aber sein Tonfall verriet, dass es ihm im Grunde gefiel. „Du bist ja ein richtiger Tiger."

„Du hast ja keine Ahnung." Dilan knurrte und vollführte mit der rechten Hand eine Bewegung, als wollte er seinen Freund kratzen.

Der lachte prustend los. „Ich korrigiere", rief er prustend, „eine Katze", er gackerte weiter, „ein Kätzchen."

„Jetzt reicht's mir aber!" Mit gespielt grimmiger Miene drehte Dilan ihn auf den Bauch und schlug ihm auf den nackten Hintern. „Na, da vergeht dir wohl das Lachen?"

Colin wandte den Kopf und sah ihn über seine rechte Schulter an. „Noch nicht ganz, aber du kannst sicherlich noch mehr mit mir anstellen."

Dilan grinste und stellte unter Beweis, dass er das konnte.

Mit den Fingerspitzen fuhr Dilan zunächst Colins linke, dann die rechte Augenbraue ab. Genoss die Weichheit und Faszination darüber, dass es sich anders anfühlte, als wenn er seinem Freund durch das Haar fuhr. Und das, obwohl es sich doch um dieselbe Struktur handelt und Haare etwas waren, zu dem er überhaupt keine Affinität hatte. Ganz im Gegenteil.

Aber alles, was an Colin wuchs, ihn formte, sowohl im physischen als auch im charakterlichen Sinne, machte ihn in Dilans Augen vollkommen. Als wäre er für mich geschaffen worden, dachte Dilan und musste lächeln.

Er war nicht religiös und glaubte nicht an Gott, aber in diesem Augenblick, Colins schlafendes Gesicht nur Zentimeter entfernt von seinem, mit diesem Ausdruck friedlicher Glückseligkeit in seinen Zügen, erschien der Gedanke nicht abwegig. Dass es doch einen Schöpfer gab, der sie füreinander geschaffen und dann dafür gesorgt hatte, dass sie einander trafen.

Wobei wir uns zuvor bereits gekannt haben, korrigierte er sich. Insofern war es nicht das unverhoffte Zusammentreffen gewesen, das diese Verbindung ausgelöst hatte, sondern dass sie es zuließen. Vor allem er.

Und jetzt gibt es kein Zurück mehr, dachte er und schmeckte das bittersüße Gemisch aus Freude und Bedauern, das sich zur selben Zeit und zu gleichen Teilen seiner bemächtigte. So wie ihr Zusammensein gleichzeitig schmerz- und lustvoll war, erfüllend und quälend, voller Glück und Angst.

Oder ist das die Natur der Liebe?, fragte er sich. War es nicht nachvollziehbar, dass man etwas, das einem so guttat, unbedingt festhalten wollte? Dass man in den Augenblicken, da man es auskostete, zudem fürchtete, es zu verlieren? War das nicht das klassische Dilemma, von dem jede Liebesgeschichte handelte?

Womöglich. Aber definitiv war es ein Unterschied, dies selbst zu erleben.

Während er den schlafenden Colin betrachtete, den Menschen, den er bis vor wenigen Wochen nur flüchtig gekannt hatte und von dem er nun kaum Hände oder Augen lassen konnte, wurde ihm klar, dass er zum ersten Mal richtige Liebe erlebte. Dass er zuvor in Mädchen zwar verliebt gewesen war, dieses Gefühl jedoch in einer völlig anderen Sphäre weilte als das, was er nun empfand.

Nur in seiner Nähe zu sein, bedeutete Frieden, der ihn umfing und durchdrang, sodass es ihn Mühe kostete, die Tränen in diesem Augenblick zurückzuhalten. Es war überwältigend, dies zu erfahren. Diese Ruhe, die sich mit Colins Präsenz über ihn breitete. Die Wärme seiner Nähe, die er über den Hautkontakt aufnahm und die dann bis in sein Innerstes drang. Ihn zur selben Zeit einhüllte und ausfüllte. Als hätte er zuvor nicht durchatmen können, allenfalls gehechelt. Als könnte er durch Colins Gegenwart endlich tiefe Atemzüge nehmen, die in seine Lunge strömten und ihm eine Kraft gaben, die er zuvor nicht kannte.

Wäre da nur nicht die Flüchtigkeit des Augenblicks. Die Ahnung, dass dies alles nicht von Dauer war. Dass er sich daran berauschen musste, solange er konnte, und alles schon bald nur noch eine Erinnerung war.

Sein Blick ging zur Uhr und sorgte dafür, dass die Realität ihn einholte und auf grausame Weise die Ahnung bestätigte. Denn es war bereits spät oder früh am Morgen, und Dilans Mutter würde schon bald von ihrer Schicht in der Bar zurückkehren. Das bedeutete, dass er Colin wecken musste.

Noch nicht, sagte er sich. Nimm dir noch diesen Augenblick.

Und so fuhr er ein weiteres Mal mit den Fingerspitzen über Colins Wange, dann die Halsseite herunter und die Schulter hinauf. Prägte sich das Gefühl ein und hoffte, es bewahren zu können. So wie die Laken Colins Geruch aufnahmen, sodass er sich später damit einhüllen und ihn einatmen konnte.

Es ist zu kurz, dachte er. Warum sind wunderbare Zeiten immer zu kurz?

16

„Mom, ich muss dir etwas sagen." Dilan betrachtete sein Spiegelbild, während er die Worte aussprach. „Wenn du so anfängst, glaubt sie, dass etwas Schlimmes passiert ist", murmelte er.

Aber ist das nicht so?, fragte er sich. Zumindest in ihren Augen, den Augen aller anderen Menschen, außer Colin und ihm? Würde nicht jeder andere das, was sie hatten, als seltsam oder sogar abartig erachten?

Aber nicht Mom, versuchte er sich zu versichern. Immer hatte sie hinter ihm gestanden, ihn unterstützt. Würde sie das auch noch, wenn er ihr das mit Colin offenbarte und ihr eröffnete, dass er schwul war?

Irgendwann musst du es wagen! Natürlich war ihm das klar, und der Gedanke trieb ihn schon länger um. War eine pochende Wunde, die immer mehr schmerzte und die er nicht ewig ignorieren konnte.

Doch solange er Colin für sich allein hatte, niemand davon wusste, konnte auch niemand von außen ihre Beziehung durch Worte oder Taten beschmutzen. Zwar war er sicher, dass seine Mutter das niemals tun würde, aber die Frage, ob er sich sicher sei, ob er bedacht hätte, was das für Folgen haben könnte, würde bleierne Gewichte an das Band zwischen ihm und Colin hängen, das bislang noch leicht durch die Luft flatterte.

Es würde den Anker der Realität hinabsinken lassen, und damit kämen auch die Bedenken an Bord, die er und Colin bereits erblickt hatten, aber bislang nur als ferne Beobachter. Nachdem sie angelegt hatten, war eine Weiterfahrt ohne diese Passagiere unmöglich, und Dilan wusste nicht, ob er dem gewachsen war.

„Mom, ich habe mich verliebt. Ich habe einen Menschen gefunden, der mich wirklich sieht. Bei dem ich mich wohl und verstanden fühle. Ich liebe Colin." Einen Augenblick betrachtete er stumm das Gesicht im Spiegel, selbst überrascht über die Worte, die, scheinbar mühelos, aus seinem Mund geflossen waren, und wusste sogleich, dass es die richtigen waren.

Als hätte sie auf das Stichwort gewartet, hörte er die Tür. Seine Mutter war zurück.

Bevor er die Chance hatte, es sich anders zu überlegen, stürmte er aus dem Bad in die offene Wohnküche und erblickte seine Mom, die gerade dabei war, in ihre Hausschuhe zu schlüpfen.

„Hey, Mom!"

„Hey, mein Schatz."

Dilan schluckte. Mit einem Mal war es doch schwerer, die Worte auszusprechen. „Ich …" Der Kloß in seinem Hals schwoll an, aber er ignorierte ihn. „Ich habe mich verliebt."

„Tatsächlich." Lächelnd kam seine Mutter auf ihn zu.

„Es ist …" Er räusperte sich. Das kann doch nicht so schwer sein!, rief er sich innerlich zu. „Ich liebe Colin."

In seinem Kopf tat es einen Schlag, als wäre ein Gefäß, das bis zum Bersten gefüllt war, endlich zersprungen.

Wie eine feine Nebelschwade, die unter der aufsteigenden Sonne verging, huschte ein Ausdruck der Irritation über das Gesicht seiner Mutter. Ließ die Mundwinkel kaum merklich erzittern und sogleich die Zügel
des Lächelns mit festem Zug erfassen. „Ich freue mich
für dich, mein Schatz.“

Noch während Dilan sich fragte, ob sie das wirklich
gesagt hatte, nahm sie ihn in den Arm, drückte ihn an
sich und vertrieb dadurch den Zweifel.

„Colin ist so ein Lieber. Ihr gebt sicherlich ein hübsches Paar ab“, sagte sie in sein Ohr und strich ihm liebevoll über den Kopf. Dann fasste sie ihn bei den Schultern und hielt ihn auf Armeslänge von sich. „Bist du
glücklich?“, fragte sie.

„Ja.“ Dilan nickte eifrig. „Sehr sogar.“

„Komm, wir setzen uns.“

Sie nahmen am Esstisch Platz, und für einen Moment
herrschte Schweigen.

„Das ist das Wichtigste, dass du glücklich bist, mein
Schatz.“ Über den Tisch hinweg ergriff sie seine Hand
und drückte sie sanft. „Und ich bin dir dankbar, dass du
es mir erzählt hast.“ Sie schluckte geräuschvoll. „Schon
ist das Gespräch da, wo ich es gar nicht haben wollte.
Aber es lässt sich leider nicht vermeiden.“ Erneut
schwieg sie und holte dann Luft. „Alles, was ich jetzt
sage, soll das zuvor nicht schmälern. Ich möchte, dass
du weißt, dass ich mich für dich freue und mir dein
Glück am wichtigsten ist. Leider bedeutet das jedoch
auch, dass wir über einige Dinge sprechen müssen.“ Sie
legte den Kopf schief und sah ihn an. „Was ist los? War
das doch schon zu viel?“

Dilan schüttelte den Kopf. „Ich bin nur ...“ Er kaute auf seiner Unterlippe.

„Überrascht?“, fragte seine Mutter und grinste. „Mein Schatz. Als Mutter bekommt man einiges mit, besonders beim eigenen Sohn. Was nicht bedeutet, dass ich dir nachspioniert habe oder so was. Noch nicht mal bewusste Gedanken habe ich mir gemacht, aber es ist wohl der mütterliche Instinkt oder die Intuition, die mir schon etwas länger gesagt hat, dass du auf Dauer wahrscheinlich nicht mit einem Mädchen anbandeln wirst.“

„Echt?“

Sie zuckte die Achseln. „Irgendwie schon. Vielleicht war das mit Beth das letzte Mosaiksteinchen, das mir zum Gesamtbild noch gefehlt hat. Aber es ist auch überhaupt nicht wichtig.“ Ein weiteres Mal drückte sie seine Hand. „Lebe so, wie du möchtest, und wie es dir guttut.“ Das „Aber“ stand ihr in die Augen geschrieben. „Du wirst nicht mehr lange hier sein, und wenn du das Stipendium bekommst, was ich wirklich hoffe, dann gehst du nach Austin, und in einer Großstadt ist das Klima ein anderes. Du verstehst, was ich meine?“

Er nickte. „Colin und ich ... Wir werden es geheim halten.“

„Hmm.“ Nun war es Traurigkeit, die dafür sorgte, dass ihre blauen Augen sich mit Tränen füllten. „Ich wünschte, es wäre anders, und ich schäme mich, dir als Mutter diesen Rat zu geben, dich in diese Richtung zu beeinflussen. Aber die Welt ist, wie sie ist, und längst nicht immer so, wie wir sie uns wünschen oder wie sie sein sollte.“

Der Schmerz war nicht schneidend, sondern dumpf. Schnürte ihm das Herz zusammen und hinderte ihn daran, normal weiterzuatmen.

„Es tut mir leid, Dilan." Seine Mutter war aufgesprungen, augenblicklich hatte sie es an seinem Gesichtsausdruck abgelesen. Dem leidenden Blick und den schwimmenden Augen, aus denen nun die ersten Tränen über Dilans Wangen liefen.

„Schon okay", flüsterte er und kämpfte das Schluchzen nieder, das den Griff eisern um seine Kehle legen wollte. „Ich weiß ja, dass du ..." Weiter kam er nicht, die Tränen liefen und der damit einhergehende Weinkrampf schüttelte seinen Körper.

Seine Mutter schloss ihn in die Arme und schwieg.

Sie blieben einander für einige Minuten nahe, bis Dilan das Gesicht von ihrer Schulter löste, sich verstohlen mit dem Ärmel die Wangen trocken tupfte und ihr in die Augen sah. „Es ist nicht nur, was du gesagt hast." Er sprach leise, aber bestimmt. „Das ist mir klar, auch Colin. Wir haben schon mehrfach darüber gesprochen. Aber es immer wieder zu hören, das ist so ..." Erneut wischte er sich über die Augen.

„Niederschmetternd", flüsterte seine Mutter, und Dilan nickte. „Stimmt. Und deshalb tut es mir so weh, dir das zu sagen. Viel lieber würde ich mit dir dein Glück feiern." Sie nahm seine Hände in ihre. „Und das ist es. Hörst du?" Sie wartete ab, bis er sie ansah, bevor sie weitersprach. „Das ist die entscheidende Botschaft, die sich in deinem Kopf verankern sollte. Dass jede Liebe, die man erfahren darf, etwas Kostbares ist, an dem man sich erfreuen soll. Und dass daran nichts Falsches ist."

„Aber nicht alle sehen das so.“

Sie ließ seine Hände los. „Leider. Und wenn nicht so viel davon abhängen würde, würde ich dir sagen: Scheiß drauf.“

Dilan sah seine Mutter erschrocken an. Es war selten, dass sie solche Worte in den Mund nahm.

Sie nickte mit grimmiger Miene. „Ja, mein Schatz, du hast richtig gehört. In dem Fall kann man mit solchen Äußerungen und Anfeindungen nichts anderes machen, als drauf zu kacken.“

„Mom!“

Seine Mutter schlug die Hände vor den Mund und riss die Augen auf. Sie sah aus wie ein Kind, das gerade die Wirkung von Schimpfwörtern herausgefunden hatte.

Dilan konnte nicht anders, als loszulachen. Sein Gackern wurde zu Wiehern, in das auch seine Mutter einstimmte. Erneut lagen sie einander in den Armen, und Tränen flossen die Wangen hinab, doch dieses Mal galt es einer anderen Emotion, und das war so ungemein tröstlich.

Sie sahen einander an, als das Gelächter zu Glucksen abgeebbt war, und es bedurfte keiner weiteren Erklärung, dass Dilan verstand, was seine Mom ihm durch ihren Blick mitteilte: Egal, was passiert, ich bin an deiner Seite. Ich stehe hinter dir und kämpfe für dich, auch wenn es hart wird.

Und war das nicht mehr, als er sich erhoffen konnte?

17

„Es scheint ja gut zu laufen mit Colin und dir." Matt reichte ihm ein Handtuch, nachdem Dilan sich am Beckenrand aus dem Wasser gestemmt hatte.

„Das stimmt." Er hoffte, dass es unaufgeregt klang, obwohl ihm das Herz bis zum Hals schlug, weil er sich fragte, ob hinter Matts Aussage mehr steckte. Das Wissen, was zwischen ihm und Colin lief, und ob sein Coach ihn gleich fragen würde, ob er den Verstand verloren hatte, sich mit seinem Co-Trainer einzulassen.

„Das ist großartig und wichtig." Matt setzte sich auf einen der Startblöcke, und Dilan nahm auf dem daneben Platz. „Der Wettkampf ist nächste Woche. Du bist gut in Form, das zusätzliche Training mit Colin hat dich wirklich weitergebracht. Was auch immer er mit dir macht, es funktioniert."

Dilan studierte die Miene des Coaches, suchte darin nach etwas, das ihm sagte, dass dies kein harmloser Scherz war, sondern mehr dahintersteckte. Dass dies die Botschaft war, die er erwartete: Ich weiß über euch Bescheid! Wir alle wissen über euch Bescheid!

„Alles okay?", fragte Matt.

Kein Unterton, dessen war sich Dilan sicher, und so entspannte er sich ein wenig. „Jepp. Bin nur ein bisschen kaputt."

„Waren auch anstrengende Wochen, das ist mir klar, und du wirst noch weiterkämpfen müssen." Er stand auf, kam zu Dilan herüber und fasste seine Schulter. „Aber du hast es fast geschafft. Ich glaube an dich. Wir müssen nur noch den Talentscout überzeugen, und dafür sollte natürlich ein Sieg her."

„Klar."

„Tyler Walsh wird dein ärgster Konkurrent sein, wie immer."

Bei der Erwähnung des Namens zog sich Dilans Magen schmerzhaft zusammen. „Aber zuletzt war ich doch besser." Es lag nicht die Überzeugungskraft in seiner Stimme, die Dilan sich wünschte, sondern sie spiegelte sein Empfinden wider. Er konnte sich da nichts vormachen und ebenso wenig dem Coach.

„Und ich hoffe auch, dass sich das fortsetzt." Matt drückte kurz seine Schulter. „Aber unterschätze niemals deine Konkurrenz und die Macht des Augenblicks. In sportlichen Wettkämpfen ist eine gute Vorbereitung essenziell, aber es zählen auch stets die Umstände, die zum Wettkampf herrschen. Die eigene Verfassung, vor allem hier und hier." Er tippte Dilan zunächst leicht an die Schläfe, dann aufs Herz. „Du weißt, dass ich Tyler einige Zeit trainiert habe. Ihr seid beide ehrgeizig, aber Tyler ..." Matt räusperte sich, und es war klar, dass er nach den nächsten Worten suchte. „Er ist ein junger Mann, der bereit ist, viel zu riskieren, um seine Ziele zu erreichen."

„Was meinst du damit?"

Matts Augen verengten sich. „Sagen wir es mal so. Obwohl Fairplay im Sport ein wichtiges und hohes Gut sein sollte, wird es längst nicht von allen Athleten praktiziert."

„Du meinst ...?" Dilan runzelte die Stirn.

Matt hob abwehrend die Hände. „Ich will niemanden schlecht machen, sondern dich nur sensibilisieren. Und das betrifft nicht einzig Tyler Walsh. Du wirst dich daran gewöhnen müssen, dass die Luft weiter oben dünner wird und der Wind, der dir entgegenschlägt, rauer." Er legte einen Arm um Dilans Hüfte. „Ebenso wichtig wie das körperliche Training ist es, sich mental stärker zu machen. Sich dafür zu wappnen. Je besser du wirst, desto größer wird zum einen zwar die Anerkennung, auf der anderen Seite werden dir jedoch immer mehr Neid und Missgunst begegnen." Er tätschelte Dilan den Arm. „Mit anderen Worten, die Gewässer werden unruhiger, aber ist ja nicht so, dass du kein verdammt guter Schwimmer bist, und unter den größeren Wellen kann man meist hindurchtauchen."

„Hmm", machte Dilan und sah Tylers Gesicht und das provokante Grinsen vor dem geistigen Auge. Er dachte an dessen Andeutungen. Irgendwie war es seltsam, dass Matt ausgerechnet die Sprache auf ihn brachte. Als wüsste er von dem Geheimnis, das Tyler Dilan immer wieder unter die Nase rieb, ohne damit rauszurücken.

Oder ist das genau sein Plan?, fragte er sich. Bei Tyler konnte es genau das sein, um einfach im Mittelpunkt zu stehen. Aber das glaubte er nicht, und Matts Worte waren fast eine Warnung, was bei seinem Coach etwas bedeutete, denn der war niemand, der Dinge verbreitete, derer er nicht sicher war. Besonders nicht, wenn er damit eine Person negativ belastete.

Obwohl Dilan wusste, dass es Matt damals getroffen hatte, dass Tyler in das andere Schwimmteam gewechselt war, äußerte er sich vor Dilan nie darüber. Schon gar nicht vernahm Dilan negative Äußerungen über Tyler aus Matts Munde.

Der heutige Abend bildete eine Ausnahme, und sicherlich konnte man nicht davon sprechen, dass Matt Tyler etwas unterstellt hatte, sondern einzig zur Vorsicht mahnte und das im Allgemeinen.

Und doch ist sein Name gefallen, sagte sich Dilan.

„Jetzt mach nicht so ein Gesicht. Ich wollte dir auf keinen Fall die Stimmung verderben. Es ist nur …“ Er betrachtete seine Hände, als hätte er sich die weiteren Worte, die er sprechen wollte, dort notiert. „Ich halte es für meine Aufgabe als Coach, dich auch darauf vorzubereiten. Weißt du?“

„Klar.“ Dilan rang sich ein Lächeln ab und versuchte, die Unruhe zu ignorieren, die von ihm Besitz ergreifen wollte. Nicht erst seit heute, sondern bereits seit Tylers Auftauchen auf dem Schulflur und den nebulösen Andeutungen zu Colins Reitunfall. Aber er wusste, dass sie sich nun nicht mehr würde zurückdrängen lassen. Er wollte endlich wissen, was los war. „Meinst du, Tyler war sauer, weil du dich irgendwann mehr auf mich und mein Training konzentriert hast?“ Kaum hatte er das gefragt, wünschte er sich, die Worte zurücknehmen zu können.

Das ist nicht nur ein sensibles Thema, du hast daraus auch fast schon einen Vorwurf gemacht, befand seine innere Stimme.

Matts Miene änderte sich, zeigte jedoch keine Anzeichen von Ärger, sondern eher von Bedauern. „Weißt du, Dilan, auch ein Coach macht nicht alles richtig. Selbst, wenn man sein Bestes gibt. Und wahrscheinlich ist es tatsächlich meine Schuld gewesen, dass ich Tyler dieses Gefühl gegeben habe. Dass du die Nummer eins bist und er abgemeldet ist." Erneut starrte er auf seine Hände. „Vielleicht habe ich ihm nicht nur das Gefühl gegeben, sondern es war so." Er sah Dilan an. In seinem Blick lag Traurigkeit. „Eigentlich wollte ich sagen, dass ich mir gewünscht hätte, dass Tyler mich anspricht, aber mir wird gerade bewusst, dass ich kein Recht dazu habe. Ich hätte derjenige sein müssen, der das klärt."

Dilan schluckte. Die Erleichterung, die er zunächst empfunden hatte, dass seine Frage Matt nicht verärgert hatte, war einem bleiernen Schuldgefühl gewichen, das ihn niederdrückte. Das ist schlimmer als Wut, dachte er.

„Aber lassen wir das", sagte Matt. „Es ist gesagt worden, und jetzt konzentrieren wir uns auf die positiven Dinge, und das ist deine weitere Verbesserung. Du bist so weit und kannst das nächste Woche beweisen." Er beugte sich vor, klopfte Dilan freundschaftlich auf die Schulter und erhob sich. „Genug Ansprachen für heute. Ab unter die Dusche, und dann ruh dich zu Hause aus. Morgen geht es weiter."

Wenn du wüsstest, dachte Dilan, als er ebenfalls aufstand. Er würde den ersten Teil der Nacht nämlich wieder mit Colin verbringen, der bereits auf ihn wartete. Dilan hatte ihm gezeigt, wo der Schlüssel versteckt war, ein Hohlraum, der sich unter einer der Stufen befand, die zur Eingangstür hochführten.

Kein besonders sicheres Versteck, aber seine Mom erwiderte stets, was um Himmels willen jemand bei ihnen stehlen sollte, und in diesem Punkt musste Dilan ihr recht geben.

Da sie heute wieder ihre Schicht in der Bar hatte, waren sie bis in den frühen Morgen allein, was theoretisch nicht notwendig war, da Mom Dilan ihren Segen gegeben hatte. Aber die Wände und damit die Privatsphäre im Trailer waren eine papierdünne Angelegenheit, und die Vorstellung, dass Mom hören konnte, wie Colin und er sich miteinander vergnügten, war mehr als gruselig.

Doch so sehr er sich auf Colin freute, Dilan wusste, dass heute ein Gespräch geführt werden musste, das längst überfällig war.

18

„Gut, dass du es bist." Colin trug wieder dieses freche Grinsen auf den Lippen, was im Übrigen das Einzige war, was er anhatte. Als wäre das noch nicht genug, hatte er sich eine rote Schleife um sein bestes Stück gebunden.

„Du spinnst doch!", rief Dilan aus und brach im nächsten Augenblick in Gelächter aus.

„Da habe ich mir so viel Mühe mit einem Geschenk gegeben und dann so was." Colin stieß einen theatralischen Seufzer aus und warf die Hände in die Luft.

„Hat dich bestimmt auch große Mühe gekostet, das zu finden", entgegnete Dilan, ebenfalls grinsend. „Ich meine, bei der Größe. Ohne Lupe ist er leicht zu übersehen."

„Du kleiner Frechdachs!", rief Colin aus und rannte Dilan hinterher, als er an ihm vorbeieilte.

In seinem Zimmer angekommen, stürzte Colin sich auf ihn, und sie wälzten sich über das Bett, bis Dilan auch unbekleidet war und sie sich voller Leidenschaft einander widmen konnten.

Als Colins Kopf schließlich auf Dilans Brust lag und sie beide wieder ruhiger atmeten, fasste Dilan sich ein Herz. „Hör mal. Ich wollte dich was fragen", sagte er und hätte am liebsten noch einmal von vorne angefangen. Der Einstieg kann nur zu einem schlechten Gespräch führen, bestätigte eine innere Stimme diesen Eindruck.

Er atmete tief durch und ließ sich nicht aus der Ruhe bringen. Das wird ohnehin nicht angenehm, also ist das auch egal, sagte er sich.

Der Blick, mit dem Colin ihn ansah, nachdem er sich aufgesetzt hatte, bestätigte, dass er Dilans Gedanken teilte. Ihm war klar, dass dies der Auftakt einer Konversation war, in der Klartext geredet werden sollte. „Was ist denn los?", fragte er, hörbar um einen lässigen Tonfall bemüht, doch die Anspannung war ihm dennoch anzuhören.

„Es geht um Tyler." Ein kurzes Aufflackern in Colins Augen verriet Dilan, dass dies tatsächlich ein heikles Thema war.

„Was ist mit dem?"

„Das würde ich gerne von dir wissen." Die Schärfe in seinem Ton überraschte Dilan selbst und machte ihm klar, wie verletzt er war. Die Vorstellung, dass sein Freund und Tyler ein Geheimnis teilten, ärgerte ihn nicht nur, er fühlte sich ausgeschlossen. Und das von dem Menschen, der ihm in kürzester Zeit so wichtig geworden war und nahezu den gesamten Platz in seinem Herzen für sich beanspruchte.

„Ich habe keine Ahnung, was du meinst." Colin rückte ein Stückchen von ihm fort und verschränkte die Arme vor der Brust.

Bleib ruhig!, mahnte sich Dilan und wusste sogleich, dass es unmöglich war. Eine Mischung aus Wut und Enttäuschung ballte sich in seinem Magen zusammen.

Dass Colin immer noch nicht bereit war, damit herauszurücken, ärgerte ihn und schmerzte zur selben Zeit.

„Hör auf, mich zu verarschen!", rief Dilan und sprang aus dem Bett. „Schlimm genug, dass Tyler mich seit Tagen mit irgendwelchen Andeutungen verrückt macht, aber dass du dich dumm stellst, ist noch viel übler."

„Hey, Dilan. Ich weiß wirklich nicht ..."

„Verarsch mich nicht!" Mit der flachen Hand schlug Dilan auf die Bettdecke. „Sag mir endlich, was es mit dem Reitunfall auf sich hat."

Es fiel Dilan schwer, zu entscheiden, ob Colin zuvor wirklich nicht gewusst hatte, worauf er hinauswollte, oder einfach ein gutes Pokerface hatte. In diesem Augenblick jedoch brach es in sich zusammen. Spiegelte das Entsetzen angesichts des Geheimnisses, das Colin so lange gehütet hatte, und zudem die Erkenntnis, dass ihm nun nichts anderes übrig blieb, als es Dilan anzuvertrauen.

„Es tut mir leid", flüsterte er, und seine Schultern sackten nach vorne. Er wirkte den Tränen nahe.

Obwohl er Dilan leidtat, zwang er sich, sich nicht zu ihm zu setzen, ihm den Arm um die Schultern zu legen und etwas Tröstendes zu sagen.

Nicht bevor er mit der Sprache herausgerückt ist, sagte er sich. Ein Teil von ihm fürchtete nämlich, dass Colin verstummen würde, wenn Dilan den Druck nicht aufrechterhielt.

„Ich habe mich völlig beschissen verhalten. War ein totales Arschloch."

Trotz des drängenden Impulses, nachzufragen, schwieg Dilan. Colin hatte die Arme um die Schultern gelegt, als bedürfe er einer Eigenumarmung, da Dilan ihm das verweigerte. Zwischen den zusammengezogenen Brauen zeigte sich eine vertikale Falte, und sein Kiefer mahlte. Es war klar, wie schwer es ihm fiel, zu erzählen, was geschehen war, doch auch wenn Dilan es hören wollte, unnötig quälen wollte er seinen Freund nicht, indem er ständig weiterbohrte.

„Du warst noch nicht im Schwimmteam vor zweieinhalb Jahren. Tyler aber schon. Er galt als großes Talent. So wie du. Sicherlich ist das auch heute noch so." Colin seufzte. „Und er gefiel mir. Auf eine Art, die ich nicht zuordnen konnte. Oder vielmehr, nicht zuordnen wollte." Sein Blick suchte Dilans, und ein verlegenes Lächeln huschte über seine Lippen.

Er tat Dilan nicht nur leid, sondern er verstand auch, was Colin meinte. Die gleichen Gefühle, die auch Dilan kannte. Fast hätte er nach Colins Hand gegriffen, aber er fürchtete, dadurch den Redefluss zu unterbrechen. Ein falsches Signal zu senden. Dass es nicht so wichtig war, und Colin hier abbrechen konnte, bevor es ihn zu sehr belastete. Dilan wollte ihn nicht unnötig quälen, aber was notwendig war, um die Wahrheit zu erfahren, musste er seinem Freund zumuten.

„Es fing mit Blicken an. Ich denke, dass keiner von uns beiden das so richtig einschätzen konnte. Ich hatte zu dem Zeitpunkt zwar schon solche Gedanken, aber war mir noch unsicher. Nur eine Phase, dachte ich, wenn ich es nicht ganz verdrängt habe. Tyler war, obwohl er anderthalb Jahre jünger ist als ich, damals schon sicherer. Das hat mich fasziniert." Er löste die rechte Hand von der Schulter und rieb sich die Augen. „Und natürlich fand ich ihn auch so sexy." Er senkte den Kopf und warf Dilan aus dieser Haltung einen unsicheren Blick zu.

Nicht ohne Grund, wie Dilan klar war, denn die letzte Äußerung verursachte ihm ein unangenehmes Ziehen in den Eingeweiden. Sich vorzustellen, dass Colin einen anderen Kerl heiß fand, das war einerseits sonnenklar und tat dennoch weh. Und obwohl er sich bereits gedacht hatte, dass die Geschichte in diese Richtung ging, war es noch fieser, sich bewusst zu machen, dass es Tyler war. Dass gerade der schon vor ihm etwas mit Colin gehabt hatte.

Die Besonderheit oder Exklusivität, die Dilan so wichtig gewesen war, die er wie selbstverständlich Colin gegenüber gefühlt hatte, zerfaserte. Nicht weil ihm der Gedanke nicht schon vorher gekommen oder undenkbar gewesen wäre, sondern weil sich ihm in diesem Augenblick offenbarte, dass er einer Illusion anheimgefallen war. Exklusivität gab es nicht. Jeder brachte ein Leben mit, Jahre, in denen bereits Dinge passiert waren.

Und wer sagt dir, dass er dir jetzt treu ist?

Zu gerne hätte er die Frage als das entlarvt, was sie war, eine dumme Trotzreaktion seiner Wut und Verletzung. Die er Colin nicht vorwerfen konnte, denn schließlich geschah alles lange vor ihrer Zeit. Doch der Schmerz blieb und verweigerte sich stur der Vernunft, die ihm all das sagte.

„Wir hatten einige Male was miteinander. Meist nach dem Training. Dann, nach einigen Monaten", Colin schluckte, verschränkte die Hände fest ineinander, sodass die Knöchel weiß hervortraten, „Tyler wollte, dass wir dazu stehen. Er wollte kein Versteckspiel mehr. Ich glaube, er hat sich wirklich in mich verliebt." Er schüttelte den Kopf. „Keine Ahnung. In mir herrschte nur Chaos. Jedes Mal, nachdem wir zusammen waren, habe ich mich geschämt. Mir gesagt, dass ich etwas Schlimmes gemacht habe und es nicht wieder passieren darf." Er rieb sich die Stirn. „Ich habe so sehr gehofft, es überwinden zu können. Weißt du? Schließlich habe ich mir doch eingeredet, dass es nur eine Phase ist."

Zu gerne hätte Dilan nun seine Hand ergriffen, aber immer noch klaffte in seinem Innern das Loch, das Colins Erzählung gerissen hatte. Wie betäubt saß er da, wollte einerseits, dass Colin weiterredete, und ihn andererseits bitten, zu schweigen.

„Auf jeden Fall waren wir an dem Abend vor zwei Jahren zusammen." Er räusperte sich und rieb sich unsicher das Kinn. „Wir hatten Sex, waren mittendrin, als Schritte zu hören waren. Ich bin natürlich in Panik geraten und habe mich gleich gewundert, dass Tyler so ruhig blieb." Er blickte nur kurz auf und fixierte dann wieder die Bettdecke vor sich. „In dem Augenblick wurde mir klar, dass er das geplant hatte."

Einen Augenblick wartete Dilan, da er sicher war, Colin würde das genauer ausführen, aber er schwieg, während seine Kiefer mahlten.

„Was meinst du damit?", fragte Dilan schließlich, um seinen Freund zum Weitersprechen zu bewegen.

„Tyler ist uns beiden in diesem Punkt wirklich voraus. Oder zumindest war er das. Ich glaube, dass ich ihn durch meine Aktion zurückgeworfen habe, und das gehört zu den Vorwürfen, die ich mir mache." Er sah Dilan an, der den Unterkiefer nach vorne geschoben hatte und dadurch seine Ungeduld ausdrückte, und vollführte mit der Hand eine beschwichtigende Geste. „Sorry. Ich sollte dir erzählen, was passiert ist, und dann erst meine Rückschlüsse mitteilen." Er schluckte. „Tyler hatte Matt Bescheid gesagt. Was er ihm erzählt hat, weiß ich nicht, aber er hat ihn ins Schwimmbad bestellt zu der Zeit, von der er wusste, dass wir miteinander zugange waren."

„Er wollte, dass Matt euch in flagranti erwischt?"

Colin nickte.

„Aber warum?"

Colin seufzte. „So wäre es herausgekommen."

„Also wollte er dich zwingen, eure Beziehung öffentlich zu machen?"

„Für mich die einzige Erklärung." Colin nestelte an der Bettdecke herum. „Auf jeden Fall bin ich in Panik geraten und abgehauen. Hab mir meine Klamotten gegriffen und bin losgerannt. Du kennst doch die Tür, die direkt aus der Halle und nach hinten rausgeht."

„Klar."

„Da bin ich durch. Hab mir beim Laufen Hose und Hemd übergezogen. Es zumindest versucht und bin übel gestürzt und mit der Hand auf einen Stein gefallen."

„Dabei hast du dir die Verletzung zugezogen", murmelte Dilan.

„Genau. Ich habe echt gelitten, denn ich wollte auf keinen Fall mit so einer Verletzung in Erscheinung treten, kurz nachdem Matt Tyler erwischt hat. Der war zwar allein, aber immer noch nackt, und ich wusste ja auch nicht, was er Matt berichtet hat."

Dilans Augen verengten sich. Ihm war klar, worauf das hinauslief. „Was hast du gemacht?"

„Mir die Schmerzmittel meines Dads reingehauen, die Tropfen, die er nimmt, wenn er heftige Rückenschmerzen hat. Trotzdem war die Nacht die Hölle. Dann, als der Morgen anbrach, bin ich gleich zu den Pferden. Hab gewartet, bis ich Licht im Haus sah, und bin dann mit meinem gebrochenen Handgelenk zu meinem Dad.“

„Und so ist die Geschichte vom Reitunfall entstanden“, sagte Dilan und schüttelte den Kopf. „Hast du mit Tyler über die Sache gesprochen? Weißt du, was Matt gesagt hat?“

Colin presste die Lippen zusammen. „Ich war echt feige. Hatte Panik. Vor allem, dass mein Dad es herausfindet. Der hätte mich bestimmt rausgeworfen.“

„Verstehe ich, aber trotzdem.“ Obwohl die Geschichte ihn empörte, spürte Dilan, dass seine Abwehrhaltung bröckelte.

Hättest du dich anders verhalten?, fragte ihn seine innere Stimme und brachte damit die Überheblichkeit auf den Punkt, die ein Außenstehender, der eine Situation durch eine Schilderung kannte, empfinden konnte.

Selbst derjenige zu sein, der damit konfrontiert war, der in Sekunden entscheiden musste, ob er bereit dazu war, sich der Welt zu offenbaren, das war etwas völlig anderes. Stand es ihm zu, über Colin zu richten, obwohl dessen Verhalten nicht richtig gewesen war?

„Ich weiß, und du glaubst nicht, welche Vorwürfe ich mir mache. Bis heute.“ Colin sah Dilan in die Augen.

Die Traurigkeit darin brach Dilan fast das Herz, und endlich barst der Panzer, den die Enttäuschung und

Verletzung um ihn aufgebaut hatten, und er ergriff Colins Hand.

Ein dankbares Lächeln huschte über Colins Züge, bevor er seufzend ausatmete. „Warum kann es nicht einfacher sein? Das habe ich mich schon damals gefragt und natürlich auch heute. Wenn du oder ich ein Mädchen wären, würden wir es von den Dächern schreien, und jeder würde uns auf die Schulter klopfen. ‚So ein Traumpaar!‘ oder ‚Schau mal, wie süß die zwei!‘, so etwas würden wir zu hören bekommen. Aber zwei Kerle.“ Er starrte grimmig vor sich hin.

„Er hat dich in die Ecke gedrängt. Das war nicht okay.“ Dilan drückte Colins Hand und fuhr mit den Fingerspitzen der anderen über dessen Schulter.

„Schon, aber abzuhauen, war auch keine Lösung.“ Er neigte sich vor und küsste Dilan auf den Arm. „Es war eine Kurzschlussreaktion. Verstehst du?“

„Ja. Und ich hätte wahrscheinlich nicht anders reagiert.“

„Echt?“

Dilan zuckte die Achseln. „Du hattest nur Sekunden Zeit, um eine Entscheidung zu fällen, und die war, entweder zu bleiben und mit den Folgen zu leben oder abzuhauen.“ Mit dem Kinn deutete er auf Colins rechtes Handgelenk. „Nur tragisch, dass es dich die Schwimmkarriere gekostet hat.“

„Das schon. Aber andererseits …“ Er rückte vor, zog Dilan gleichzeitig zu sich, sodass ihre nackten Oberkörper einander berührten, und sah ihm tief in die Augen. „Es hat dafür gesorgt, dass ich hiergeblieben und dein Co-Trainer geworden bin.“

„Stimmt auch wieder.“

„Was hältst du davon, wenn ich dir noch eine besondere Übung zeige, mit der du gewisse Muskelpartien besonders effektiv trainieren kannst?“

Dilan war froh, dass das freche Grinsen in Colins Gesicht zurückgekehrt und der traurige Ausdruck aus dessen Augen gewichen war. „Na, dann zeig mal, was du kannst, Herr Co-Trainer“, sagte er.

19

„Hey. Ich wollte mit dir reden." Dilan war froh, dass die Worte sicherer klangen, als das flaue Gefühl, das er dabei in der Magengegend verspürte, es vermuten ließ. Um ehrlich zu sein, er hatte Schiss vor diesem Gespräch, denn trotz allem, was Colin erzählt hatte, kannte er noch nicht die gesamte Geschichte. Und Tyler, den er angesprochen hatte, hatte zwar alles angezettelt, war jedoch als der Sitzengelassene irgendwie auch der Leidtragende und außerdem unberechenbar.

„Dachte ich mir doch, dass du früher oder später wissen willst, was sich ereignet hat." Tyler verschränkte die Arme vor der Brust.

„Gehen wir raus?" Dilan deutete auf die Tür am Ende des Flurs. Unter keinen Umständen wollte er dieses Gespräch hier in der Schule führen, wo jeder mithören konnte.

„Klar." Tyler steckte die Hände in die Taschen des Hoodies, den er trug, und schlenderte betont lässig los.

Dilan beobachtete ihn aus dem Augenwinkel, während er neben ihm lief. Es ist nur eine Maske, dachte er. Denn obwohl Tyler sich cool gab, verriet die Art, wie seine Kiefermuskeln angespannt waren und sein Blick immer wieder zu Dilan sprang, dass auch er nervös war.

Das beruhigte Dilan. Er hoffte, es bedeutete, dass Tyler ebenso wenig daran gelegen war, die Geschichte in die Öffentlichkeit zu tragen. Bislang hatte er geglaubt, dass dem alles egal war. „Jemand, der nichts zu verlieren hat, ist gefährlich." Ein Satz, den seine Mutter mal gesagt hatte, als sie gemeinsam einen Film gesehen hatten, in dem es einen Gangster gab, auf den diese Aussage zutraf, und der dementsprechend vor keinem Verbrechen zurückschreckte.

Seine Mom hatte recht. Es war zwar nicht gut, sich zu sehr von der Meinung anderer abhängig zu machen, aber wenn es einen überhaupt nicht kümmerte und, noch wesentlicher, man sich außerdem vom eigenen Gewissen befreit hatte, dann gab es nichts mehr, wessen man sich schämte. Und keinen, dem man gegenüber Rechenschaft für seine Taten abliefern musste.

Auf Tyler trifft das nicht zu, dachte er, als er die Tür aufhielt und dann nach ihm ins Freie trat. Wenn er nichts zu verlieren hätte, ihm alles egal wäre, dann hätte er mich nicht angesprochen, oder? Die Frage verhallte, ohne dass er sich darauf eine Antwort gab. Womöglich, weil er wusste, dass sie nicht auf einer einhundertprozentigen Tatsache, sondern mehr einer Hoffnung fußte. Denn immer noch bestand die Möglichkeit, dass Tyler einfach Ärger machen wollte und sich daran erfreute.

„Ich habe mit Colin gesprochen." Dilan machte eine Pause, weniger, um die Worte wirken zu lassen, sondern um sich die nächsten zurechtzulegen. Es stellte sich als deutlich schwieriger heraus, als er gedacht hatte. In Tylers Augen zu sehen und sich vorzustellen, dass er mit Colin etwas gehabt hatte – die Courage, die er mühsam aufgebaut hatte, um dieses Gespräch zu führen, drohte in das Loch zu fallen, das die Vorstellung aufriss.

Das er versucht hatte, mit der Erkenntnis zu füllen, dass es lange vor ihm gewesen war. Warum fühlt es sich dann trotzdem an, als wäre ich betrogen worden?, fragte er sich nicht zum ersten Mal.

Wieder fochten sein Verstand und die Emotionen einen Kampf aus, und er wusste bereits, wie der ausgehen würde: Die Empfindung unterlag zwar vordergründig, blieb aber als bitterer Beigeschmack vorhanden und rief sich dadurch wiederkehrend ins Bewusstsein.

„Und war dein *Freund* ehrlich mit dir? Oder soll ich lieber *Co-Trainer* sagen?"

Sowohl die Art, wie er es betonte, als auch, was er fragte, waren eine von Tylers typischen Provokationen, dennoch wallte in Dilan kein Ärger auf.

Er kämpft immer noch damit, dachte er. Betrachtete, wie Tyler die Lippen zu einem blassroten Strich zusammengepresst hatte und sich die Kontur seiner Finger durch den Hoodie abzeichnete, die er zu Fäusten geballt hatte.

„Wahrscheinlich wäre es am besten, wenn du und Colin miteinander redet. Jeder sich das von der Seele reden kann, was an dem Abend geschehen ist."

Tyler sah ihn mit aufgerissenen Augen an, sogar sein Mund öffnete sich einen Spalt breit. Es war klar, dass Dilan ihn damit überrascht hatte, und er musste zugeben, dass ihn selbst verwunderte, was er gesagt hatte.

Doch er hatte einfach dem nachgegeben, was Tylers Anblick bei ihm ausgelöst hatte, wie auch zuvor bei Colin: Verständnis. Es war nicht leicht, dieses unter der dicken Schicht von Verletzung und letztlich auch Selbstmitleid auszumachen. Aber das war nur seine Angelegenheit, es war nicht wichtig für diese Sache, wie ihm immer mehr klar wurde.

Nur Colin und Tyler konnten dies klären und mussten das auch. Denn egal, ob Tyler sie outen wollte – Colin und er trugen Verletzungen mit sich, die sie einander zugefügt hatten. Ein Austausch würde das nicht heilen, aber zumindest dafür sorgen, dass jeder von ihnen einen Schritt in diese Richtung machen konnte.

Tyler nickte, und zum ersten Mal, seit Dilan ihn kannte, fiel die Maske der selbstsicheren Arroganz von dessen Gesicht und zeigte den verletzten Jungen. Der angenommen und verstanden werden wollte. Der sich herausgewagt hatte und dafür bestraft wurde, und sich aus Angst davor, dass sich dies ein weiteres Mal ereignete, einen Panzer aus zur Schau getragener Überheblichkeit zugelegt hatte.

Endlich begriff Dilan, dass Tylers ständige Angriffe nur dazu dienten, von der eigenen Unsicherheit abzulenken. Wenn die anderen fürchteten, einen dummen Spruch zu ernten oder sonst wie angemacht zu werden, ließen sie einen in Ruhe.

„Ich bin mir sicher, dass ihr beide euch einiges zu sagen habt." Dilan prüfte den Ausdruck in Tylers Augen, fürchtete er doch, dass ihm nach kurzem Blick auf das authentische Selbst nun wieder die Selbstgefälligkeit entgegenstarren würde, doch immer noch lag etwas Weiches in Tylers Blick. „Es ist nicht leicht, oder?"

Hatte er bis gerade noch geglaubt, Tyler würde sich jeden Augenblick wieder hinter seiner Maske der Arroganz verbergen, schien Dilans letzte Frage diese vollends zerstört zu haben. Sein Ausdruck hatte sich bereits verändert. Bislang erschien es, als hätte Tyler lediglich die Zügel gelockert, sie aber weiterhin in der Hand gehalten. Nun waren sie herausgerutscht. Seine Unterlippe bebte, die Augen wurden glasig, und sein Adamsapfel zitterte.

Er fängt gleich an zu heulen, schoss es Dilan in den Kopf. Und so seltsam die Ereignisse und deren Verlauf in den letzten Minuten gewesen waren, es gelang ihm, auch sich selbst zu überraschen.

Bis vor Kurzem hätte er alles dafür gegeben, diese Reaktion bei Tyler auszulösen. Hätte sich daran ergötzt und die Überlegenheit genossen, die ihm unweigerlich den Rücken gestreckt und die Schultern nach hinten gezogen hätte.

Jetzt aber spürte er nichts dergleichen. Stattdessen riss die heranwogende Welle aus Mitgefühl ihn mit, die ihre Stärke daraus speiste, dass er sich mit Tyler verbunden fühlte. Deshalb mitfühlte, weil sie sich durch Ähnliches kämpfen mussten.

Die Selbstverständlichkeit, mit der er die Arme ausstreckte, entsprang dieser Verbundenheit, und Tyler schien sie ebenfalls zu empfinden, denn er begab sich in Dilans Umarmung, und so hielt er ihn, ohne ein Wort zu sagen. Während ihnen Tränen die Wangen hinunterrannen.

„Sorry", sagte Tyler schließlich, nachdem er sich von Dilan gelöst hatte, und wischte verstohlen mit dem Ärmel seines Hoodies die Wangen trocken.

„Kein Thema“, krächzte Dilan, der eine Packung Taschentücher aus der Hosentasche geholt hatte, der er zwei entnahm und eines davon an Tyler weiterreichte.

„Danke.“ Tyler nahm es entgegen und schnäuzte sich. „Wer hätte das gedacht. Noch vor einigen Wochen hätten wir fast miteinander gewichst und jetzt halten wir uns heulend in den Armen.“

Das brachte Dilan zum Lachen. „Du änderst dich wohl nie“, sagte er, klopfte Tyler dabei aber auf die Schulter, um ihm zu verstehen zu geben, dass er ihm auf diese Art dennoch besser gefiel. Gegen einen frechen Spruch war nichts einzuwenden, wenn er aus ehrlichem Herzen kam und nicht dazu diente, andere fertigzumachen.

„Oh, ich hab mich geändert.“ Tyler knüllte das Taschentuch zusammen und steckte es in die Hosentasche. „Und hätte gerne einiges mehr an mir verändert. Aber daraus wird wohl nichts.“

Dilan schluckte und hätte um ein Haar ein weiteres Mal Tränen vergossen, da er genau wusste, worauf Tyler anspielte, und sich damit erneut eine Gemeinsamkeit offenbarte.

„Aber ich finde es stark von dir, dass du auf mich zugekommen bist.“ Tyler legte ihm eine Hand auf die Schulter. „Damit hast du Größe bewiesen. Mehr als dein Freund.“

„Wie gesagt. Es tut ihm leid, und er war damals einfach überfordert mit der Situation, die du ja auch ausgelöst hast.“

Dilan erwartete, dass Tyler protestierte, doch der nickte. „Ja, ist alles ziemlich scheiße gelaufen.“

„Deshalb. Redet miteinander. Bringt alles auf den Tisch.“

„Ist wohl am besten.“ Tyler räusperte sich. „Beim Wettkampf werde ich dich aber trotzdem fertigmachen. Brauchst nicht zu meinen, dass du mich durch das Gespräch heute weichgeklopft hast.“

„Auf gar keinen Fall. Ich will, dass du alles gibst“, sagte Dilan, und das Kribbeln in seiner Magengrube verriet ihm, dass er die Wahrheit ausgesprochen hatte.

20

„Okay. Du darfst nicht an den Talentscout denken." Matt schüttelte den Kopf. „Bescheuerte Anweisung. Ich weiß. Aber versuch trotzdem, den Kopf davon frei zu machen und dich nur auf den Wettkampf, das Schwimmen zu konzentrieren."

„Am besten immer nur an den nächsten Zug denken." Colin lächelte Dilan an.

„Dein Co-Trainer hat einfach die besseren Worte." Matt legte eine Hand auf Dilans, eine auf Colins Schulter. „Jungs, ihr habt den besseren Draht zueinander, das ist mir gleich aufgefallen und hat sich in den letzten Wochen deutlich intensiviert. Das ist super."

Ein nervöses Ziehen fuhr Dilan in die Eigenweide. Weiß Matt etwas?, fragte er sich, doch in dessen Miene lag nur anerkennende Freude, sodass Dilan den Gedanken beiseiteschob. „Einfach schwimmen, das wusste schon Dorie", sagte er.

„Wer?" Matt runzelte die Stirn.

Dilan lachte kurz auf. „Alles gut. Nur ein Witz. Stammt aus ‚Findet Nemo', dem Animationsfilm mit dem Fisch?"

Matts Gesicht hellte sich auf. „Ach der."

„Und sie hat nicht unrecht, die gute Dorie", sagte Colin. „Also, spring ins Wasser, schwimm wie der Teufel oder besser Nemo, und wir sehen, was wird."

„Besser hätte ich es nicht sagen können." Matt erhob sich.

Dilan und Colin standen ebenfalls auf und verließen die Umkleide. Sofort schlug Dilan die dichte Feuchtigkeit der chlorgeschwängerten Luft entgegen, die in der Schwimmhalle ausgeprägter war als im Ankleideraum, und im selben Moment wurden seine Ohren vom Stimmengewirr derjenigen geflutet, die auf der Tribüne sitzend auf den Wettkampf warteten.

Für ihn war es jedes Mal aufs Neue erstaunlich, wie dieser Ort seinen Charakter änderte. Vom stillen Rückzugsort zu Zeiten des Trainings zum Zentrum des Interesses, sobald ein Turnier anstand.

Colin und Matt begleiteten ihn zum Startblock, klopften ihm noch einmal auf die Schulter, bevor er seinen Platz dahinter einnahm. Sein Ritual war es, mit den Daumen beider Hände nacheinander die einzelnen Fingerspitzen zu berühren, während er jedes Mal tief ein- und wieder ausatmete. Es führte dazu, dass sich die Aufregung, die kribbelnde Wogen durch seinen Körper sandte, ein wenig zurückzog. Die Geräusche, vor allem die Stimmen, die auf ihn einstürzten, an Intensität verloren, während seine Haut bereits den kühlen Mantel fühlte, den das Wasser nach dem Eintauchen um ihn legen würde.

Wie jedes Mal freute er sich auf die Stille unter der Oberfläche, ersehnte und fürchtete zugleich die bevorstehende Anstrengung, das Erwachen der Maschinerie seiner Muskeln und das beständige Gleiten durch das

Wasser. Die Spannung, die diese ambivalenten Empfindungen erzeugte, flirrte elektrisierend über seine Haut, und jedes Mal glaubte er, ihm müssten sich Haare an Armen, Beinen, sogar auf dem Kopf aufstellen.

Als die drei kurzen Pfiffe ertönten, die den Beginn der Startphase verkündeten, vollführte sein Herz einen Satz. Trotz der vielen Wettkämpfe, an denen er bereits teilgenommen hatte, und der Routine, die sich dadurch eingestellt hatte, peitschten diese Sekunden mit ungetrübter Frische seine Aufregung an. Ein Feuer, das aus Furcht und Sehnsucht gespeist wurde und heute durch das Wissen, dass der Talentscout vor Ort war, umso höher loderte.

Der lang gezogene Pfiff, der kurz darauf zu hören war, forderte die Schwimmer dazu auf, den Startblock zu besteigen. Die raue Oberfläche drückte sich in Dilans Fußsohlen, und wie jedes Mal wirkte es erdend. Führte er sich vor Augen, dass er in Sekunden das Element wechseln würde.

„Auf die Plätze!", ertönte es, und Dilan trat an den vorderen Rand des Startblockes. Beugte sich vor und berührte mit den Fingerspitzen die Kante zwischen den Füßen.

Obwohl er nicht zur Seite sah, spürte er die Anwesenheit seiner Konkurrenten. Allen voran Tylers, der rechts von ihm stand und mit dem er seit ihrem seltsam klärenden Gespräch keinen Kontakt mehr gehabt hatte. Natürlich hatte er Colin davon erzählt und ihm zugleich geraten, sich mit Tyler auszusprechen, aber Colin hatte das zunächst bis nach dem Wettkampf zurückstellen wollen. Und da Dilan nach ihrem letzten

Austausch nicht mehr damit rechnete, dass Tyler sie verraten würde, stimmte er zu.

Der kurze Pfiff kappte den Strom der Gedanken. Ließ ihn nach vorne schnellen, die Arme in gestreckter Haltung über den Kopf führen und den gesamten Körper spannen.

Ich bin Bogen und Pfeil zugleich.

Dieses seltsame Mantra glich ebenfalls einem Ritual, und erneut konnte er nicht sagen, ob es etwas war, das er von Matt oder jemand anderem gehört hatte. Was die kuriose Empfindung, von der es begleitet wurde, nur verstärkte. Denn stets meinte er, es werde ihm von außen eingegeben, obwohl es eine innere Stimme war, die es aussprach.

Womöglich, weil ihm der Klang dieser trotz der vielen Male, die er sie gehört hatte, fremd war und blieb. Und er sie auch zu keinem anderen Zeitpunkt vernahm. Sie war wie ein Schauspieler in seinem Kopf, der nur einen Satz zu sagen hatte, diesen jedoch punktgenau und zuverlässig ablieferte.

Schluss damit und auf Schwimmen konzentrieren!

Ein anderer Sprecher, der zu den Bekannten gehörte und ebenfalls niemals seinen Einsatz verpasste. Meist in dem Augenblick, in dem der Körper in das Wasser tauchte. Zunächst die Fingerspitzen die Oberfläche durchstießen, gefolgt von Kopf, Schultern, bis er vollkommen eingetaucht war in die Flüssigkeit.

Das grelle Rauschen in den Ohren, das dieser Augenblick auslöste, wurde durch Blubbern abgelöst und das Pulsieren des Herzschlags. Ein Sekundenbruchteil des Verharrens, den er sich stets gönnte, um vollends eins zu werden mit dem, was ihn nun umgab.

Dann erwachte die Maschinerie in ihm zum Leben. Der den Torso entlang gestreckte Arm tauchte aus dem Wasser auf. Sorgte dafür, dass der Rumpf leicht kippte, was ihm erlaubte, kurz zur Seite Luft zu holen.

Wie am Ende eines Rades fixiert, vollführte er mit der Hand eine Kreisbewegung, bevor er sie vor sich in das Wasser tauchte, während er gleichzeitig mit der anderen Hand die Gegenbewegung ausführte.

Denk an die Beine!

Matts Stimme in seinem Kopf und eine Mahnung, die selbst nach unzähligen Stunden des Trainings nicht an Aktualität verlor. Denn beim Freistilschwimmen, wo die Arme die größte Kraftanstrengung und somit die entscheidende Leistung für den Vortrieb absolvierten, war die Verlockung groß, sich darauf zu verlassen. Außerdem war die Arbeit der Beine mit den ausgestreckten Füßen, mit denen er in schneller Abfolge paddeln musste, anstrengend, besonders auf längere Dauer.

Und dennoch war es diese Bewegung, auf die er seinen Fokus lenkte, in die sein Wille sich festbiss und sogar die Klauen schlug. Bei jedem Nachlassen fasste er nach, grub sich tiefer hinein. Entlockte den Muskeln dadurch auch die Leistung, der sie sich verweigern wollten.

Aus den Augenwinkeln registrierte er hin und wieder Bewegungen auf den Bahnen neben sich, doch die Hauptaufmerksamkeit blieb bei den Beinen und der restlichen Maschine, die im Takt arbeitete.

Der Schmerz setzte unvermittelt und heftig ein. Brachte den Mechanismus seines Körpers aus dem Takt, sodass er langsamer wurde.

Krampf in der Wade!, gellte es durch sein Hirn.

Sein Unterschenkel stimmte in diesen Schrei ein und übertönte ihn. Blähte sich auf und wurde zum Zentrum der Aufmerksamkeit.

Geht noch! Selbst seine innere Stimme schien die Worte durch zusammengebissene Zähne hervorzupressen und zu wissen, dass kein Fünkchen Hoffnung bestand.

Die verkrampfte Wadenmuskulatur stand in Flammen, und kein gutes Zureden würde sie löschen.

Also zog er die Zehen zum Körper und ließ das Bein in Ruhe verharren, während er umso mehr Kraft in die Züge der Arme legte.

Wenige Sekunden trieb sein Bewusstsein in der Unsicherheit, ob die Maßnahme helfen würde oder der Wettkampf für ihn gelaufen war. Letzteres brannte erneut, dieses Mal in seinen Augen, und er wusste, dass sich in der Schwimmbrille Tränen sammelten. Des Schmerzes, aber auch der Enttäuschung.

Die heißen, scharfen Klauen, mit denen sich der Schmerz in die Wade gekrallt hatte, zogen sich zurück. Zunächst nur ein wenig, dann immer weiter.

Mit jedem Nachlassen erlaubte Dilan sich, das Bein wieder für das Schwimmen einzusetzen.

Wie weit bist du zurückgefallen?, fragte er sich und zwang diesen Gedanken sogleich heraus aus seinem Kopf.

Unwichtig! Einfach schwimmen!

Ein Lächeln umspielte seine Lippen, und in seiner Brust erwachte der Kampfgeist, der sich mit jedem Pulsieren des Herzens im Körper ausbreitete.

Einfach schwimmen!

Die Abfolge der Züge seiner Arme wurde schneller, ohne dass sie an Kraft verloren. Gleichzeitig paddelte er mit den Beinen in sich steigender Frequenz und Intensität.

Sein Torso, der zuletzt tiefer in das Wasser gesunken war, hob sich daraus empor, lag schließlich auf der Oberfläche, die er gleichzeitig durchschnitt.

Einfach schwimmen!

Einfach schwimmen!

Als würde die Flüssigkeit ihn mit Kraft speisen, preschte er weiter voran. Genoss das Rauschen in den Ohren, das Kitzeln des vorbeifließenden Wassers auf der Haut.

Er hatte bereits viele großartige Augenblicke in seiner Schwimmerzeit erlebt, aber dieser toppte alles.

Du bist dafür geschaffen! Eine simple Feststellung, die er weder als pathetisch noch anmaßend empfand, sondern die schlicht wiedergab, was er fühlte.

Der Beckenrand tauchte so unvermittelt auf, dass er zusammenzuckte, und hätte Matt nicht kurz darauf die Hand in das Wasser gestreckt, wäre Dilan nach vollführter Rollwende einfach weitergeschwommen.

Aber der Wettkampf war zu Ende.

21

„Hammer! Hammer! Hammer!", rief Colin ihm zu, und sein Blick verriet, dass er Dilan am liebsten um den Hals gefallen wäre, ihn höchstwahrscheinlich mit großer Freude geküsst hätte.

„Junge, das war großartig. Da war dieser Moment ... Hattest du einen Krampf?", fragte Matt.

Dilan, dessen Bewusstsein noch nicht im Körper angekommen war, sondern weiterhin Bahnen zog, blieb stumm.

„Jetzt komm erst mal raus, Junge." Matt streckte ihm die Hand entgegen, die Dilan ergriff, um sich daran aus dem Wasser zu ziehen. „Weißt du überhaupt, was dir gelungen ist?" Matts Grinsen reichte von einem Ohr zum anderen.

„Du hast deine Bestzeit unterboten, du Tier!", rief Colin aus, und dieses Mal hielt er sich nicht zurück, sondern fiel Dilan um den Hals und drückte ihn daraufhin fest an sich.

„Um eine weitere Hundertstelsekunde", ergänzte Matt und klopfte Dilan, nachdem Colin ihn wieder freigegeben hatte, ein weiteres Mal auf die Schulter.

„Großes Kino." Colins Augen leuchteten. „Das Stipendium ist dir sicher."

Matt hob beschwichtigend die Hände. „Nicht vorschnell sein. Ich bin zwar auch guter Hoffnung, aber wir vergeben es nicht. Wir müssen auf das Urteil vom Talentscout warten."

„Klar", entgegneten Dilan und Colin wie aus einem Munde, was alle drei zum Lachen brachte.

„Dann macht euch bereit", flüsterte Matt und deutete mit dem Kinn hinter sie.

Dilan und Colin fuhren herum und sahen, wie ein afroamerikanischer Mann mittleren Alters auf sie zukam.

Bei ihnen angekommen, streckte er Dilan die Hand entgegen und lächelte freundlich. „Andrew Singer ist mein Name, und ich komme vom Austin College."

Die Zunge klebte Dilan am Gaumen, so staubtrocken war sein Mund auf einmal, sodass er keinen Ton herausbrachte. Mehr als Singers Hand zu schütteln und das Lächeln zu erwidern, gelang ihm nicht.

„Du hast eine beeindruckende Vorstellung abgeliefert, junger Mann", sagte Singer. „Vor allem, nachdem dich der Krampf auf dem letzten Drittel fast den Sieg gekostet hätte."

Dilan schluckte. Mehr als das Lob beeindruckte ihn, wie genau Singer beobachtet und bemerkt hatte, welche Schwierigkeiten aufgetreten waren. Sicherlich hatten die meisten Zuschauer höchstens festgestellt, dass Dilan zum Ende zunächst Tempo eingebüßt hatte, ohne jedoch den Grund dafür zu kennen.

„Der Junge ist nicht nur ein hervorragender Schwimmer, sondern zudem ein Kämpfer. Er beißt sich durch und gibt nicht auf. Der Beste, den ich jemals trainieren durfte."

Aus dem Augenwinkel betrachtete Dilan Colins Gesicht und hoffte, dass sich darin nicht Enttäuschung zeigen würde. Denn so schmeichelnd und wohlgemeint Matts Aussage ihm gegenüber war, für Colin konnte sie wie ein Schlag ins Gesicht sein, schließlich lag das Aus seiner Schwimmkarriere noch nicht lange zurück.

Colin aber schien nur Dilan und dessen Erfolg im Blick zu haben. Sein breites Lächeln veränderte sich nicht, und in seinen Augen stand der Stolz geschrieben, den er für seinen Freund empfand.

Was bist du doch für ein toller Kerl!, dachte Dilan, und dieses Mal war er es, der den Impuls, Colin um den Hals zu fallen, kaum bändigen konnte.

„Ich freue mich sehr, dass Sie der Wettkampf begeistert hat“, sagte Dilan und war froh, endlich seine Sprache wiedergefunden zu haben.

„Nicht nur der.“ Singer sah ihn eindringlich an. „Vor allem du, Dilan.“

Dass der Talentscout sogar seinen Namen kannte, ließ Dilan schlucken, obwohl es naheliegend war, dass er sich zuvor über die vielversprechendsten Teilnehmer eingehend informiert hatte. „Danke“, sagte er mit tonloser Stimme.

„Ich denke, wir haben einiges zu besprechen, aber jetzt sollst du zunächst mal deinen Sieg feiern. Morgen würde ich mich gerne mit dir unterhalten, falls das passt?“

Am liebsten hätte Dilan Singer gefragt, ob das ein Scherz sein sollte, doch stattdessen nickte er eifrig. „Selbstverständlich.“

„Sie können sich in der Schule treffen. Es ist zwar Sonntag, aber gerne schließe ich Ihnen auf“, sagte Matt.

„Du bist nicht bei dem Gespräch dabei?", fragte Dilan den Coach.

„Junge", Matt griff nach seiner Schulter, „ich denke, dass du den Weg, der vor dir liegt, ohne mich gehen und das sehr gut machen wirst." Er sah zu Singer. „Schließlich kommst du in die besten Hände."

Das erwiderte Singer mit einem Nicken und verkündete dadurch bereits sein Urteil, was Dilan einerseits freute. Doch diese Empfindung wurde überschattet von einem flauen Gefühl im Magen, das ihn vom Coach zu Colin sehen ließ.

Fällt dir das jetzt erst auf? Der sarkastische Unterton seiner inneren Stimme war beißend, aber überflüssig. Denn die Erkenntnis bohrte sich wie ein Stachel in sein Bewusstsein: Es war vorüber.

So sehr er auf diesen Augenblick hingearbeitet hatte, ihn als das begriff, was er war. Eine große Chance, die Möglichkeit, Großes zu leisten und neu zu beginnen. Die Kehrseite hatte er kaum richtig bedacht.

Denn der Anfang in Austin bedeutete den Abschied hier in Coaksville und damit auch von seinem bisherigen Leben. Er würde nicht nur das hinter sich lassen, was er als belastend, nervig und ätzend empfand, sondern auch die Menschen, die er liebte.

„Alles in Ordnung?", fragte Matt ihn, und Dilan wollte lügen. Sagen, dass alles okay war, aber kein Wort entrang sich seiner Kehle.

„Er ist sicherlich total überwältigt. Schließlich hat er wie ein Verrückter dafür gearbeitet, und wenn der große Augenblick dann da ist, fehlen einem die Worte."

Dilan sah ihn an, dessen liebevoller Blick auf ihm ruhte, und den er am liebsten geküsst hätte dafür, dass er mit seinen Worten diese Situation aufgelöst und die Anspannung von ihm genommen hatte, antworten zu müssen.

„Wie bereits gesagt. Jetzt sollst du auch erst mal deinen Sieg feiern, und wir besprechen alles in Ruhe morgen." Singer wandte sich an Matt. „Passt um neun Uhr?"

„Selbstverständlich." Matt streckte Singer die Hand hin, der sie schüttelte, anschließend Dilans ergriff und sich daraufhin bis zum nächsten Tag verabschiedete.

„Ich wollte euch nicht stören, aber jetzt kann mich niemand mehr aufhalten", ertönte es von der Seite, und im nächsten Moment fiel Dilan seiner Mutter lachend um den Hals. „Was bin ich stolz auf dich."

„Danke, Mom." Dilan war froh, seine Sprache wiedergefunden zu haben, und schloss seine Mutter in die Arme.

„Obwohl ich mit dir schimpfen muss, denn ich habe fast einen Herzinfarkt bekommen, als du zum Ende hin langsamer geworden bist. Hattest du einen Krampf, mein Schatz?"

Dilan musste grinsen. Nicht nur der Talentscout hatte gute Augen. Auch dem aufmerksamen Blick seiner Mom war der Vorfall nicht entgangen. „Ja, aber ich konnte ihn lösen."

„Klar konntest du das. Mein Kämpfer." Ihre Augen wurden glasig, und ihre Stimme zitterte bei den letzten Worten.

„Schon gut, Mom." Dilan nahm sie in den Arm und hoffte so, die emotionale Situation zu entschärfen, doch als er sie ansah, nachdem er sich von ihr gelöst hatte, waren die Wangen feucht.

„Sorry. Das ist dein großer Tag. Du gewinnst den Wettkampf, und deine Mutter heult dir einen vor.“

„Schon okay.“

„Ist doch logisch, dass in solchen Augenblicken die Gefühle mit einem durchgehen.“ Colin lächelte Dilans Mutter an, was diese erwiderte. „Und du kannst echt stolz auf deinen Sohnemann sein.“ Er legte Dilan den Arm um die Schultern. „Außerdem hast du völlig recht. Er ist ein Kämpfer.“

„Ich denke, du wirst erwartet, Junge.“ Matt deutete auf das Ende der Schwimmhalle, an dem das Siegertreppchen aufgebaut war, um das sich bereits die Zuschauer versammelt hatten.

„Dann mal los“, sagte seine Mutter und strich ihm sanft mit den Fingerspitzen über das noch feuchte Haar.

„Hier.“ Colin reichte ihm ein Handtuch. „Nicht dass du dich noch erkältest. Schließlich bist du jetzt heiße Ware.“ Kaum hatte er das ausgesprochen, errötete er.

Dilan war die unfreiwillige Doppeldeutigkeit ebenfalls aufgefallen. Hitze wallte in ihm auf, und er beeilte sich, Richtung Siegerehrung zu gelangen und damit der Situation zu entfliehen.

„Da hast du es mir auf den letzten Metern noch gezeigt, du Sau!“

Dilan fuhr herum und erblickte Tyler, wie er das Handtuch um die Schultern legte. „War aber knapp“, sagte er und legte Tyler dann den Arm um die Schultern.

Die vertraute Geste verwunderte ihn selbst, doch sie entsprang seinem Bauchgefühl, und da sein Kontrahent sich nicht daraus löste, sondern ihm sogar ebenfalls den Arm um die Schultern legte, demonstrierte, dass er damit richtiglag.

Es hat sich tatsächlich etwas verändert, sagte er sich, denn das Gefühl, das sich während des letzten Gespräches mit Tyler eingestellt hatte, erwachte von Neuem. Die Ahnung, dass sich etwas entwickeln konnte, was er bis vor Kurzem noch als Verrücktheit abgetan hatte. Vielleicht nicht gleich eine Freundschaft, aber eine Bekanntschaft, die nicht die Konkurrenz der beiden im Fokus hatte, sondern Gemeinsamkeiten.

So legten sie die letzten Schritte bis zum Siegerpodest zurück wie Kumpel, und das Undenkbare war zu etwas geworden, das möglich war.

„Warum treffen wir uns nicht mal gemeinsam?", fragte Tyler, als sie ihre Plätze eingenommen hatten.

Dilan, der als Sieger in der Mitte ein wenig erhöht stand, sah zu Tyler und nickte. „Na klar. Gerne." Und er wusste, dass er meinte, was er sagte.

22

„Was hast du da?“ Dilan ging in die Hocke, um die Wade seiner Mutter genauer zu betrachten.

Sie waren gerade erst aufgestanden, weshalb sie noch die Shorts und das Shirt trug, mit denen sie stets ins Bett ging.

„Das? Ach, das ist nichts.“

„Sieht aber nicht so aus.“

„Mein Schatz, mach dir keine Sorgen. Hab mich nur gestoßen. Du kennst mich doch. Ich nehme jede Ecke mit.“ Sie lachte, doch es klang gezwungen.

„Mom, ganz ehrlich, das sieht komisch aus. Da ist ja die halbe Wade blau. Das ist doch nicht normal.“ Dilan sah auf. „Oder was meinst du?“, fragte er Colin, der gerade zu ihnen gekommen war.

Nach Dilans Sieg und der anschließenden Siegerparty, die im Grunde auch nur aus ihnen dreien bestanden hatte, da Matt sich bereits nach wenigen Drinks verabschiedet hatte, bestand seine Mom darauf, dass Colin bei ihnen übernachtete.

Das hatte Dilan nahezu mehr bewegt als ihre wiederkehrenden Bekundungen, wie stolz sie auf ihn war, denn es zeigte ihm, dass sie wirklich hinter ihm stand. Mehr noch, dass sie auch Colin mochte, sich am Glück ihres Sohnes erfreute und ihn darin unterstützen wollte.

„Judie, Dilan hat recht", sagte Colin, der neben Dilan ebenfalls in die Hocke gegangen war, um die Stelle genauer zu begutachten. „Das sieht nicht aus wie ein normaler blauer Fleck. Irgendwie größer und deutlicher, als man das erwarten würde, oder?"

„Aber das ist doch nichts Dramatisches." Dilans Mutter winkte ab. „Jetzt macht euch mal keine Gedanken, Jungs. Sagt mir lieber, wie ihr eure Pfannkuchen wollt."

Dilan und Colin tauschten einen vielsagenden Blick. Keiner von ihnen wollte die Stimmung verderben, aber ihnen war klar, dass dieses Thema damit nicht beendet war. Sie teilten das ungute Gefühl, das der Anblick ihrer Blessur verursachte.

„Ich mit Choco Chips", sagte Dilan.

„Damit du noch dicker wirst." Mit dem Zeigefinger piekste Colin ihn in den Bauch. „Kommt gar nicht infrage."

„Wenn du mich nicht ausreichend fütterst, fresse ich dich." Dilan öffnete weit den Mund und biss Colin dann in die Schulter.

„Aua!", rief der, um kurz darauf in Gelächter auszubrechen, in das Dilan und seine Mutter einstimmten.

„Ihr seid so süß, ihr zwei", sagte Dilans Mutter und sah verzückt von einem zum anderen. „Genauso soll sie sein, eine junge Liebe. Und im besten Fall auch eine alte." Sie kicherte.

Dilan legte die Arme um seine Mom und drückte sie fest an sich. Nicht nur, weil die kurze Heiterkeit den Schrecken über das Hämatom an ihrer Wade kaum übertünchen konnte, sondern weil sie in diesem Augenblick wirkte wie ein Mädchen. Jemand Zerbrechliches, der ihm jeden Augenblick entrissen werden konnte.

„Mein Schatz, jetzt lass mich mal die Pancakes zubereiten, sonst müsst ihr hungern." Sie drückte ihm einen Kuss auf die Wange, kurz bevor Dilan die Umarmung löste.

Er spürte Colins Lippen an seinem Nacken und dann an seinem Ohr. „Wir behalten das im Auge, keine Sorge", flüsterte er, umfasste Dilans Hüfte und zog ihn zu sich.

„Okay", entgegnete Dilan ebenfalls im Flüsterton und neigte den Kopf zurück, sodass er gegen Colins Schulter lehnte.

„Bleibt genau so. Ich hole nur kurz mein Handy", sagte Dilans Mutter.

„Mom!"

„Nicht bewegen, habe ich gesagt." Sie streckte die Hand nach dem Telefon aus, das neben dem Herd auf der Arbeitsplatte lag.

„Hör auf deine Mutter", murmelte Colin in sein Ohr, und der Atem, den er dabei ausstieß, ließ Dilan kichernd zusammenfahren.

„Noch besser", sagte Dilans Mutter, während ihr Smartphone den charakteristischen Ton von sich gab, als sie das Foto machte. Gefolgt von weiteren.

„Jetzt ist es aber gut, du Paparazza!", rief Dilan und lachte.

„Ihr werdet mir noch danken. So süß sind die geworden."

„Dann zeig mal." Colin streckte die Hand aus, und Dilans Mutter reichte ihm das Handy. „Also ich sehe ja mal wieder fantastisch aus, aber dein Sohn?"

„Was denn?" Dilan versuchte, einen Blick auf das Display zu erhaschen, denn Colin hielt das Smartphone in einem Winkel, aus dem ihm das nicht möglich war.

„Lieber nicht, sonst heulst du den ganzen Tag."

„Du spinnst wohl." Dilan entwand sich Colins Armen und versuchte, nach dem Handy zu greifen, das Colin, der ein wenig größer war, aus dessen Reichweite zu halten versuchte.

„Ich will dich nur schützen."

„Du solltest lieber dich schützen." Breit grinsend griff Dilan nach Colins Arm und zog ihn nahezu mühelos zu sich.

„Ich vergesse immer wieder, was für ein Ochse mein Freund ist." Colin ächzte. „Da hab ich keine Chance."

„Besser, du vergisst das nie." Dilan verpasste ihm einen Klaps auf den Po, bevor er das Smartphone an sich nahm. „Dann ersparst du dir Ärger."

„Du kleiner Frechdachs." Mit einem breiten Grinsen drückte Colin ihm einen Kuss auf den Mund.

„Und jetzt schaue ich mir die Katastrophe mal an." Dilan wischte durch die Fotos. „Die sind wirklich schön, Mom."

„Sag ich doch." Seine Mutter ließ die Pfanne, deren Griff sie in der Hand hielt, nach oben schnellen, woraufhin der Pfannkuchen einen perfekten Salto in der Luft vollführte, bevor er wieder am richtigen Ort landete.

„Wow! Du hast das richtig drauf, Judie." Colin nickte anerkennend.

„Gehört zu den Dingen, die ich als junge Frau geübt habe, bis ich sie beherrschte. Mit Flaschen kann ich das auch.“

„Nicht dein Ernst.“ Colin riss die Augen auf. „Das volle Programm?“

„Aber klar doch. Bei Ed ist das natürlich nicht gefragt, da wird auch überwiegend Bier getrunken und das gezapft. Aber vor vielen Jahren war ich Barkeeperin in einer richtigen Cocktailbar.“

„Das wusste ich ja noch nicht mal.“ Dilan stemmte die Hände in die Hüften.

„Mein Schatz, deine alte Mutter hatte ein bewegtes Leben vor dir.“

„Und alt bist du nun wirklich nicht“, sagte Colin.

„Süß von dir und richtig“, entgegnete sie. „Aber nach euren Maßstäben natürlich schon. Ich weiß, dass ich mit achtzehn, neunzehn jeden jenseits der Mitte dreißig bereits für einen Rentner gehalten habe.“

„Na, so schlimm ist es nun auch wieder nicht“, protestierte Dilan.

„Solange ich noch weiß, welcher Tag heute ist und nach Hause finde ...“ Dilans Mutter grinste breit.

„Du spinnst doch.“ Dilan lächelte ebenfalls und küsste seine Mom auf die Wange. Doch er musste die Mundwinkel nach oben zwingen.

Obwohl sie herumalberten, bargen die Aussagen einen ernsten Unterton, den sicherlich nur er wahrnahm und nicht erklären konnte. Er erinnerte sich, dass seine Großmutter, die bereits vor vielen Jahren gestorben war, diese Art des Spotts überhaupt nicht gemocht hatte. Stets warnte sie davor, etwas Unangenehmes herbeizureden.

Der Eindruck aber, der sich seiner bemächtigte, war mehr als das. Eine Vorahnung, von der er hoffte, dass sie einzig einer diffusen Angst entsprang, der jede Grundlage fehlte.

Sie wird bald deine Hilfe brauchen!

„Alles in Ordnung mit dir?", fragte Colin.

„Die ersten Pfannkuchen sind fertig", flötete Dilans Mutter und hielt ihm einen Teller hin.

„Ja, klar. Alles gut." Dilan nahm den Teller an sich und ging damit zum Tisch herüber. „Dann lasst uns mal essen." Er war dankbar, dass sowohl Colin als auch seine Mom es ihm abnahmen und sich das folgende Gespräch um die Barkeeperkenntnisse seiner Mutter drehte und welchen Kerlen sie damit den Kopf verdreht hatte.

Hauptsache, er hörte nicht mehr diese Stimme, deren Ursprung ihm fremd war und die zuvor noch nie in seinem Kopf erklungen war. Am schwersten wog die Bestimmtheit, mit der sie gesprochen hatte, und dass Dilan ihr glaubte.

„Oh Mann! Wir haben uns total verquatscht. Es ist schon viertel nach acht", sagte Dilans Mutter mit einem Mal.

„Das Treffen mit Singer, dem Talentscout. Das hätte ich fast vergessen." Dilan sprang auf. „Dann springe ich schnell unter die Dusche und mach mich fertig. Müsste noch für dich reichen, Mom."

„Und ich räume ab." Colin war ebenfalls aufgestanden.

„Okay, Jungs, dann geben wir jetzt Gas. Gut, dass ich mir gestern schon die Haare gewaschen habe." Dilans Mutter begann, die Teller aufeinanderzustapeln.

„Lass mich das machen, Judie. Ihr braucht die Zeit.“

„Kommst du mit?“, fragte Dilan Colin auf halbem Weg zum Bad.

„Ich glaube, es ist besser, wenn ihr das übernehmt. Bin zwar dein Co-Trainer, aber ich glaube, es wirkt seltsam, wenn zu viele Leute auftauchen. Es sollte wirklich nur der harte Kern sein“, entgegnete Colin.

„Aber zu dem gehörst du doch.“ Seine Mom strich ihm liebevoll über die Schulter.

„Lieb von dir. Aber es geht in erster Linie um Dilan und dann noch deine Fragen. Ich störe dabei wirklich nur.“

Obwohl Dilan wusste, dass Colin recht hatte, hätte er ihn gerne dabeigehabt. Er las diese Empfindungen auch im Gesicht seiner Mutter.

„Mein Schatz, beeil dich“, sagte sie und riss ihn so aus seinen Gedanken.

„Mach ich.“ Er wandte sich ab und betrat das Bad, und trotz der Tatsache, dass nur wenige Meter zwischen ihm, seiner Mom und Colin lagen, fühlte er sich einsam. Wie bereits nach seinem Sieg schmetterte ihn die Gewissheit nieder, dass er sich in ein Leben aufmachte, das vom Getrenntsein von geliebten Menschen geprägt war.

So sehr er sich auch sagte, dass er das gewollt hatte, fast am Ziel seiner Wünsche war, er konnte unter der Dusche die Tränen nicht zurückhalten.

Bist du völlig bescheuert?, fragte er sich.

Doch es war nicht das Wissen, aus dem bisherigen Leben herausgewachsen zu sein, sondern die Ahnung, zu verlieren, was er aus tiefstem Herzen liebte.

23

„Was ist los, mein Schatz?"

Die Frage seiner Mutter war überfällig, flirrte in der Luft wie die Sommerhitze über dem Asphalt und das bereits, seit sie losgefahren waren.

Dass auch Colin sie stellen wollte, hatte Dilan ihm angesehen, und doch hatten sie sich über Belanglosigkeiten unterhalten.

Zunächst hatte Dilan geglaubt, dass es der Tanz ums Feuer war. Dass das jeder von ihnen sah und spürte, jedoch fürchtete, sich daran zu verbrennen. Nun, da seine Mutter die Frage gestellt hatte, wusste Dilan, dass Colin ihr den Vortritt hatte lassen wollen. Anzunehmen, dass sie über seine Stimmung gesprochen hatten, als Dilan unter der Dusche war, und dass sie sich vorstellen konnten, was in ihm vorging.

„Ich sage mir, dass ich bescheuert bin, denn die ganze Zeit habe ich darauf hingearbeitet." Dilan schüttelte den Kopf.

Seine Mutter griff nach seiner Hand und betätigte die Bremse, sodass der Wagen an der roten Ampel langsam zum Stehen kam. „Und jetzt plagen dich Bedenken?"

„Bedenken nicht. Ich bin mir weiterhin sicher, dass ich das will. Dieses Stipendium und auch diese Chance."

„Aber?"

Die Ampel sprang auf Grün, seine Mutter fuhr an und bog dann nach links auf die West Street ab, an der auch die Highschool lag.

„Es ist in Ordnung, Angst zu haben", sagte seine Mom, da Dilan auf ihre letzte Frage nicht geantwortet hatte. „Zumindest Respekt. Schließlich ist es ein großer Schritt. Aber ich bin mir sicher, dass du es meistern wirst."

„Es ist ..." Dilan schluckte. Zu gerne wollte er ihr seine wahren Gefühle offenbaren. Ihr von seinen Sorgen berichten. Aber was würde er damit erreichen, außer dass seine Mom sich ebenfalls schlecht fühlte und sich beunruhigte? „Nur die Frage, was auf mich zukommt. So viel Neues, weißt du? Und auch, wie es mit Colin weitergeht."

„Verstehe ich." Sie lenkte den Wagen auf den Parkplatz vor dem Schulgebäude und stellte den Motor ab. „Versprich mir eines." Sie hatte den Zündschlüssel herausgezogen und drehte den nun zwischen den Fingern, während sie darauf starrte. „Du musst dich im Fokus behalten. Das, was für dich und dein weiteres Leben wichtig ist."

Dilan schnürte sich die Kehle zu. Er wollte etwas sagen, doch sein Mund öffnete sich, ohne dass er etwas hervorbringen konnte.

Seine Mutter sah ihn an. „Ich weiß, dass du dir Sorgen um mich machst, vielleicht sogar glaubst, du würdest mich im Stich lassen, aber dem ist nicht so. Ich bin deine Mom und liebe dich so sehr. Anfangs ging es mir nur darum, dir ein besseres Leben zu ermöglichen. Was sich vor allem auf eine bessere Ausbildung und dann einen Job bezog, der gut bezahlt ist und dir Sicherheit gibt, aber seit ich weiß, wer du wirklich bist …“ Sie schluckte geräuschvoll, und ihre Augen glänzten. „Die Vorstellung, dass du irgendwo leben musst, wo du nicht der sein kannst, der du bist. Wo du nicht vollkommen du selbst bist, weil du Angst haben musst vor Zurückweisung oder Schlimmerem.“ Sie wandte den Kopf zur Seite und blickte einige Sekunden aus dem Seitenfenster, bis sie sich so weit gefasst hatte, dass sie weitersprechen konnte. „Seit ich dich mit Colin sehe, diese Facette an meinem Sohn kennengelernt habe, will ich, dass du mit all dem strahlen kannst. Dass du unbekümmert ausprobieren kannst und auslebst, was du möchtest. Gerade Liebe ist etwas viel zu Schönes und Kostbares, um an sie Ketten gesellschaftlicher Normen zu legen.“ Sie nahm sein Gesicht in ihre Hände und sah ihn eindringlich an. „Dieses Stipendium ist mehr als die Möglichkeit, eine Schwimmkarriere zu starten, es ist dein Weg in eine Zukunft, in der du selbstbestimmt leben kannst. Und sollte das auch in Texas nicht möglich sein, will ich, dass du weiterziehst. Finde den Ort, an dem du du sein kannst.“

Dilan sah sie einfach an, während ein Kloß aus Emotionen heiß in seiner Kehle steckte. Die Worte seiner Mutter waren wunderschön und erschreckend zugleich und bewegten ihn auf eine Weise, wie er es selten zuvor erlebt hatte.

„Ich wollte dich nicht aus der Fassung bringen. So kurz vor diesem wichtigen Termin. Aber ich trage das bereits so lange mit mir herum und …“ Ihre Stimme brach.

Dankbar spürte Dilan, dass auch bei ihm die Tränen liefen. Er hoffte, dass sie etwas von den aufgestauten und widerstreitenden Emotionen fortspülten, während er seine Mutter in den Arm nahm.

Lautlos weinend hielten sie einander, die Gesichter in den Schultern des Gegenübers vergraben, und Dilan wusste, dass dies der Augenblick des Abschieds war. Alles, was nun folgte, waren Schritte, aber die Pforte zu diesem Weg war nun geöffnet und würde sich nicht mehr schließen lassen.

„Wir sollten reingehen“, sagte seine Mutter und verstohlen trockneten sie ihre Wangen und stiegen aus dem Wagen.

Matt stand am Eingang und winkte ihnen zu. Als sie näher kamen, hielt er die Tür auf. „Nur hereinspaziert. Starschwimmer und Starschwimmermom“, sagte er in heiterem Ton.

„Das ist ja fast ein Zungenbrecher“, sagte Dilans Mutter.

„Aber einer, an dem ich mich gerne abmühe.“ Matt lachte auf.

„Ist Mr. Singer schon da?“, fragte Dilan.

„Er wartet bereits drinnen, mein Junge.“

„Sind wir zu spät?“ Alarmiert sah Dilans Mutter auf ihre Armbanduhr. „So ein Mist. Schon zehn nach.“

Matt winkte ab. „Keine Sorge. Ich habe ihn gut unterhalten, und ihm ist klar, dass gestern noch gefeiert wurde und auch das ein oder andere Gespräch geführt werden musste. Da bleiben die Augen nicht immer trocken.“ Er zwinkerte Dilan zu.

Ihm war klar, dass Matt sie im Auto beobachtet hatte.

Doch es bekümmerte Dilan nicht. Matt hatte ihm gegenüber stets offen über Gefühle gesprochen und Dilan stets ermutigt, die zu zeigen.

Ein Gebäude, das normalerweise bis zum Bersten mit Leben gefüllt war, wirkte in Stille anders. Doch nicht in dem Sinne, dass es tatsächlich leer war, denn die Energie aus lärmenden Stimmen, laufenden Füßen und dem Läuten der Schulglocke steckte in den Wänden. Sie war in den Linoleumboden gesickert, und Dilan schien sicher, dass er das Summen spüren könnte, legte er die Hand darauf.

Der perfekte Resonanzboden für Erinnerungen, die sich verschiedenen Plätzen angehaftet hatten oder ihn wie Projektionen aus der Vergangenheit begleiteten, während seine Mom und er Matt folgten.

Zum ersten Mal sah er die Schule auf diese Art, als einen Ort der Erinnerung und nicht die Stätte, die fest mit seinem Leben verwoben war. Denn er wusste, dass auch diese Verbindung in Auflösung begriffen war. Dass der obere Bereich der Sanduhr, was seine Schulzeit anbelangte, nahezu vollständig hinabgerieselt war.

Bald bleiben dir nur noch die Erinnerungen, sagte er sich, und auch wenn dieses Wissen nicht annähernd durch die Bitterkeit begleitet wurde, die der Gedanke des Abschieds von seinen Liebsten verursachte, wurde ihm ein wenig schwer ums Herz.

„Da ist er ja!"

Dilan zuckte leicht zurück, denn diese begeisterte Begrüßung hatte er von Singer nicht erwartet, der gestern zwar freundlich, aber eher zurückhaltend gewirkt hatte. „Toll, dass Sie sich Zeit für mich nehmen", sagte Dilan und schüttelte die Hand des Talentscouts.

„Selbstverständlich. Ich freue mich, dass es geklappt hat und wir endlich zur Sache kommen können."

Sie nahmen Platz und Singer erklärte ihnen kurz die wesentlichen Punkte des Stipendiums, die im Grunde einfach waren. Solange Dilan gewisse Leistungsvorgaben beim Schwimmen, aber auch einen gewissen Notendurchschnitt vorweisen konnte, würde ihn das Stipendium durch das College bringen.

„Welches Hauptfach möchtest du denn belegen?", fragte Singer schließlich.

„Ich dachte an Biologie oder Veterinärmedizin."

„Tatsächlich? Eine interessante Wahl." Singer schob die Unterlippe vor, und es fiel Dilan schwer, die Reaktion zu deuten.

Die seiner Mutter hingegen war eindeutig, denn sie hatte vor Überraschung die Augen aufgerissen, was Dilan ein wenig verunsicherte. Um ehrlich zu sein, hatten seine Mom und er sich stets auf das Schwimmen konzentriert und kaum darüber unterhalten, dass das College selbstverständlich unzählige Studiengänge anbot.

„Ich mag Tiere und die Vorstellung, ihnen helfen zu können." Dilan zuckte die Achseln. „Das fühlt sich irgendwie gut an."

„Und hört sich auch gut an", sagte seine Mutter, die neben ihm saß und unter dem Tisch seine Hand kurz ergriff und drückte.

„Das finde ich auch", sagte Singer. „Dann kommen wir mal zum Papierkram."

Sie erledigten die Formalitäten und schüttelten einander zum Ende die Hände. Doch obwohl alle Dilan darauf hinwiesen, was für eine große Chance ihm geboten wurde, und er sich dies selbst ein weiteres Mal ins Bewusstsein rief, bildete die dunkle Vorahnung, dass sich bald etwas Schlimmes ereignen würde, einen pochenden Knoten in seinen Eingeweiden.

Wenn ich nur wüsste, ob ich mir das einbilde, sagte er sich und verspürte ein Ziehen im Magen. Im Grunde kannte er die Antwort, doch noch war er nicht bereit, sie zu akzeptieren.

24

„Ich bin ja immer noch nicht sicher, ob Tyler uns irgendeinen Streich spielen will", sagte Colin.

„Bis vor Kurzem hätte ich dir zugestimmt. Aber es hat sich etwas verändert, seit ich mit ihm gesprochen habe." Dilan warf ihm einen aufmunternden Blick zu.

Colin zuckte mit den Schultern. „Wir werden sehen."

Bin ich zu leichtgläubig?, fragte sich Dilan. Reichten einige nette Worte für ihn aus, um Jahre voller dummer Sprüche wettzumachen?

Aber es wäre ungerecht, es nur auf das Gesagte zu beschränken, denn was für ihn tatsächlich den Unterschied ausmachte, war Tylers Verhalten, seine Körpersprache.

Schon häufig hatte Dilan gehört, dass die wichtiger war als das, was gesagt wurde, und auch wenn er sicherlich kein Experte darin war, sie zu lesen, die Unterschiede waren ihm aufgefallen. Ihm gegenüber reckte Tyler nicht mehr das Kinn vor und drückte die Brust heraus, wie er es sonst getan hatte, und in seinem Blick lag nicht mehr diese Angriffslust.

Beim Wettkampf gestern war ihm das bewusst geworden, und am liebsten hätte er Colin das gesagt. Aber er glaubte kaum, seinen Freund dadurch überzeugen zu können. Eher würde er einen dummen Spruch ernten.

Sie waren Tylers Einladung gefolgt, und für ihn fühlte sich das richtig an, das war das Einzige, was momentan wichtig war.

Das Haus der Walshs wirkte auf Dilan stets wie ein Palast. Nicht nur, da er in einem Trailer wohnte, während Colins Eltern ein schmuckloses Häuschen direkt hinter der Tankstelle bewohnten, die dessen Vater betrieb.

Das Anwesen hob sich von den umstehenden Gebäuden in der Green Oaks Street ab, die als die wohlhabendste Gegend Coaksvilles galt. Das lag vor allem an dem säulengetragenen Eingangsportal und dem Vorgarten mit der klassisch halbrunden Einfahrt, die einen Springbrunnen einfasste. Ebenso gut hätte die Villa der Homestory eines Hollywoodstars entspringen können.

„Weißt du eigentlich, was Tylers Eltern beruflich machen?", fragte Dilan.

„Dass sie sich so eine Hütte leisten können?" Colin betrachtete den Springbrunnen, der nicht lief und, dem leeren Wasserbecken nach zu urteilen, auch derzeit nicht in Betrieb genommen wurde. „Irgendwas in der Baubranche, meine ich. Bin mir aber nicht sicher."

Sie waren am Eingangsportal angekommen und nahmen die wenigen Stufen bis zur Tür, deren Holz in einem dunklen Ton gebeizt war, sodass sie aus der ansonsten weißen Fassade hervorstach.

„Aber du kannst unseren Gastgeber ja gleich fragen." Kaum hatte Colin das ausgesprochen, schwang die Tür auf, und Tyler stand grinsend im Rahmen.

„Sag bloß, du hast uns von drinnen beobachtet?“ Dilan schlug einen spöttischen Tonfall an.

„Muss ich gar nicht. Das ganze Gelände ist kameraüberwacht, und außerdem gibt es überall Mikrofone. Konnte also euer gesamtes Geläster mitanhören.“ Tyler grinste breit, und es war klar, dass er einen Witz gemacht hatte.

„Dann fassen wir doch noch mal zusammen. Mieser Schwimmer und total nervig“, sagte Colin, der Tylers Grinsen erwiderte.

Obwohl es schön war, zu sehen, dass auch zwischen ihnen beiden das Eis so schnell schmolz, konnte Dilan den Stich der Eifersucht nicht verhehlen, den er in seinem Herzen spürte.

„Mieser Schwimmer, das lasse ich nicht gelten. Immerhin habe ich gegen das Schwimmtier verloren.“ Tyler sah zu Dilan, und die aufrichtige Anerkennung, die in seinem Blick lag, ließ in Dilan die Empfindung der Eifersucht verstummen.

„Ja, das ist ein verdammt toller Schwimmer und auch Kerl.“ Colin legte Dilan den Arm um die Schultern und drückte ihn an sich.

„Vergiss das bloß nie.“ Tyler lächelte immer noch, aber sein Tonfall klang ernst.

„Auf keinen Fall“, erwiderte Colin hastig.

Und obwohl Dilan wusste, dass Tyler damit auf die Situation zwischen sich selbst und Colin angespielt hatte, war klar, dass er ein weiteres Mal seine Wertschätzung Dilan gegenüber ausgedrückt hatte.

„Meine Eltern sind nicht da, von daher haben wir unsere Ruhe“, sagte Tyler, als er die beiden in das Wohnzimmer führte.

Auch im Innern spiegelte das Anwesen die Eleganz des Äußeren. Das Mobiliar wirkte teuer, aber nicht auf eine dekadente Weise, sondern, als hätte die einrichtende Person darauf geachtet, die bestmöglichen, dazu noch zusammenpassenden Stücke so zu arrangieren, dass der Gesamteindruck edel und dennoch gemütlich war.

„Tolle Bude." Colin pfiff durch die Zähne.

„Meine Mom ist nicht nur, was ihr Äußeres angeht, eine Katalogbraut." Tyler lachte. „Natürlich muss auch die Bude entsprechend durchgestylt sein. Und das, obwohl beide sich kaum hier aufhalten."

„Wo sind sie denn die ganze Zeit?", fragte Dilan.

„Mein Dad lebt mehr oder weniger auf seiner aktuellen Baustelle. Sein Unternehmen hat ständig zu tun, und um ehrlich zu sein, ich glaube nicht, dass ihn das stört. Und meine Mom ist meist in Arlington und haut die Kohle, die mein Dad verdient, für Klamotten und Beauty raus. Ganz schön klischeehaft, oder?" Tyler verzog den Mund zu einem sarkastischen Grinsen. „Manchmal reibe ich ihr das unter die Nase, dass sie der Archetyp der unfeministischen Frau ist."

Wie unterschiedlich unsere Welten sind, dachte Dilan. Nur wenige Male war er mit seiner Mom in Arlington gewesen, einer wesentlich größeren Stadt circa dreißig Meilen entfernt, und während Tylers Mom sich dort Shoppingtouren erlauben konnte, hatten seine Mutter und Dilan einzig über die horrenden Preise den Kopf geschüttelt. Undenkbar, dort auch nur ein Kleidungsstück oder Sonstiges zu kaufen.

Was für seine Mom und ihn allenfalls war, als schaute man einen Bericht über die Welt der Reichen und Schönen, war für Tyler und dessen Familie die Realität. Bemerkenswerter als dieser Punkt war allerdings für Dilan, dass die Art, wie Tyler davon sprach, vermuten ließ, dass es weder ihn noch seine Mutter besonders erfüllte.

Reich sein ist wohl tatsächlich nicht alles, dachte Dilan und musste dennoch zugeben, dass arm sein keine bessere Option war. Zwar durchfuhr ihn eine Woge der Zuneigung für seine Mutter und auch ein gewisser Stolz, dass sie einander so nahe waren, aber der tägliche Kampf um die Finanzen verlangte insbesondere seiner Mom viel ab.

„Was wollt ihr trinken?" Tyler war an einen Schrank getreten, dessen Front sich nach unten klappen ließ und der sich somit als Barschrank offenbarte.

„Deine Eltern scheinen nicht nur eine Vorliebe für teure Möbel und Klamotten zu haben", sagte Dilan mit Blick auf den Inhalt. Zwar kannte er längst nicht jede Marke, die dort zu finden war, aber einige hatte er bereits in Eds Bar gesehen, wo seine Mom arbeitete. Und es waren jene, von denen seine Mutter stets ehrfürchtig sprach, weil sie mit teurem Inhalt gefüllt waren, der nur selten und wenn ja zu einem hohen Preis bestellt wurde.

„Kannst du wohl sagen", sagte Colin.

„Ich werte das mal als ‚Ja'." Tyler wandte sich dem Barschrank zu. „Ich kann einen ganz guten Moscow Mule mischen."

„Okay." Dilan hoffte, dass es klang, als wüsste er, wovon Tyler sprach. Bislang hatte er geglaubt, seine Mutter hätte berufsbedingt Ahnung von Drinks und er dadurch das ein oder andere mitbekommen, aber hier zeige sich, dass er Tyler auf diesem Gebiet unterlegen war.

Der Blick in Colins Gesicht offenbarte ihm, dass auch sein Freund keine Ahnung hatte, was ihr Gastgeber ihnen mixen wollte.

Das brachte Dilan zum Kichern.

„Was ist los?", fragte Tyler.

„Nichts. Aber ich glaube, dass du gerade Cocktails für zwei Landeier mischst", entgegnete Dilan. „Keine Ahnung, was ein Moscow Bull ist."

„Mule!" Tyler grinste ebenfalls, aber nicht auf eine überhebliche Art. „Sorry, ich wollte hier nicht den Großkotz raushängen lassen."

„Alles gut." Colin winkte lachend ab. „Dilan hat das richtig zusammengefasst. Wir sind hier die Hillbillys. Also, gib dir Mühe und verzaubere uns mit dem Geschmack der großen weiten Welt."

Es war kurios, dass vermeintliche Peinlichkeiten nicht nur keine waren, sondern sogar dazu führten, dass die Stimmung sich weiter auflockerte. So plauderten sie zu dritt zwanglos miteinander, während Tyler die Cocktails zubereitete.

„Wow! Schmeckt super", sagte Dilan, nachdem er den ersten Schluck genommen hatte.

„Bitzelt auf der Zunge", sagte Colin.

„Exakt!" Als Tyler dieses Mal grinste, hatte es etwas Spitzbübisches. „Das gefällt mir besonders daran. Ist das Ginger Beer." Er deutete auf das Ecksofa, das frei im Raum stand, mit einem Sessel gegenüber. „Setzt euch."

Als hätten sie sich vorab abgesprochen, ließen sich Colin und Dilan in den Eckbereich fallen, während Tyler auf dem Sessel Platz nahm.

„Ich muss mich bei dir entschuldigen“, sagte Colin, was unvermittelt aus ihm hervorsprudelte, und einen Augenblick fürchtete Dilan, dass die Stimmung kippen würde.

„Danke.“ Tyler sah Colin an, und es war klar, dass er darauf gewartet hatte und bereit war, die Entschuldigung anzunehmen. „Auch ich muss zugeben, dass es eine seltsame Aktion war, und ich dich einfach so ins kalte Wasser geschubst habe.“

Colin nickte. „Ja, ich war total überfordert.“

Einen Augenblick schwiegen sie, dann räusperte sich Tyler. „Wie ist das bei euch?“

„Was meinst du?“, fragte Dilan.

„Na, wie offen geht ihr damit um. In der Schule weiß es sicherlich niemand. Was ist mit Matt?“

Energisch schüttelte Dilan den Kopf. „Niemand weiß es, und so soll’s bleiben!“

Tyler hob beschwichtigend die Hände, und Dilan wurde bewusst, dass er das lauter ausgesprochen hatte als beabsichtigt. „Keine Panik! Von mir erfährt keiner was. Aber auf Dauer …“ Er seufzte. „Seid ihr es nicht auch leid? Diese Scheißheimlichtuerei. Vorzugeben, man wäre jemand anderes?“

Colin zuckte die Achseln, aber seine Miene drückte Zustimmung aus. „Aber was sollen wir tun? Für mich würde es schlimmstenfalls Ärger mit meinem Dad bedeuten. Glaube kaum, dass der damit zurechtkäme. Aber Dilan?“ Er wandte sich seinem Freund zu. „Für ihn steht viel mehr auf dem Spiel.“

„Du meinst doch nicht, dass die das Stipendium zurückziehen? Wie sollten sie das rechtfertigen? Vor allem, da Dilan eine Topleistung abgeliefert hat.“

„Klar hat er das. Aber irgendein Grund würde ihnen schon einfallen. Wurde dann halt gestrichen oder so was." Colin kratzte sich am Kinn. „Und selbst falls es keine Auswirkungen auf das Stipendium hat. Wenn sich das bereits vorab am College rumgesprochen hat? Ihr wisst, wie Heterokerle sind. Ich hätte keinen Bock, mir jedes Mal in der Umkleide anhören zu müssen, dass alle Schiss haben, dass ich gleich über sie herfalle."

„Und meistens sind das die, die du mir nackig auf den Bauch binden könntest, ohne dass etwas passiert." Tyler stieß ein Lachen aus.

„Da gebe ich dir recht", sagte Dilan. Er wünschte sich die unbefangene Atmosphäre von vor wenigen Augenblicken zurück. „Und außerdem stimme ich dir zu, dass ich es satthabe."

„Dachte ich mir." Tyler wandte sich an Colin. „Was ist mit dir?"

„Natürlich stinkt mir die Situation auch. Aber was sollen wir machen?"

„Zumindest bringt es uns nicht weiter, wenn wir uns verstecken." Tyler drehte den Kupferbecher, der typisch für einen Moscow Mule war, wie er den beiden kurz zuvor erklärt hatte, zwischen den Fingern. „Sichtbarkeit ist alles."

„Willst du etwa, dass wir hier unseren eigenen Christopher Street Day veranstalten mit Parade und allem?" Colin hatte die Oberlippe spöttisch angehoben.

„Warum denn nicht? Besser als die ganze Zeit Angst zu haben, entdeckt zu werden."

Dilan betrachtete Tyler mit Bewunderung, denn er wusste, dass der nicht nur Phrasen drosch, sondern meinte, was er sagte. „Was ist damals passiert? Nachdem Colin verschwunden war?"

Einen Augenblick schwieg Tyler, als müsste er sich die Erinnerung zunächst vor Augen rufen. „Als Matt reinkam, war ich immer noch nackt."

Colin riss die Augen auf. „Nicht dein Ernst!"

Dieses Mal hatte das Grinsen, das Tyler präsentierte, eine Bitterkeit. „Ich hab nicht eingesehen, wie du abzuhauen. Wollte sogar, dass er mich so sieht."

„Aber an sich ist das doch kein Problem, in einer Umkleide nackt zu sein?" Dilan runzelte die Stirn.

„Wenn das Schwimmbad geschlossen ist?" Tyler nahm einen Schluck. „Und dein Freund hatte in der Eile auch nicht all seine Sachen gegriffen. Seine Unterhose und eine Socke lagen noch da, außerdem sein Shirt. Matt war schnell klar, dass ich nicht alleine gewesen war." Sein Blick ging in die Ferne. „Kennt ihr das, wenn man in eine Situation platzt, und obwohl man nicht wirklich gesehen hat, was passiert ist – man weiß trotzdem, dass man denjenigen bei etwas ertappt hat?"

Dilan und auch Colin nickten.

„So erging es Matt. Es war, als hätte der Sündenfall noch in der Luft gelegen." Mit den Fingern zeichnete Tyler Anführungszeichen in die Luft. „Ich bin mir sicher, dass Matt Lunte gerochen hätte, auch ohne die Klamotten am Boden."

„Aber wirklich gesehen hat er ja nichts", sagte Colin.

„Es gab auch keinen Ärger, aber dieses Unbehagen, das sich danach einstellte, war schlimmer." Tyler räusperte sich. „Von diesem Abend an war alles anders. Nicht nur zwischen uns." Er sah Colin an, und dieses

Mal überkam Dilan keine Eifersucht, sondern aufrichtiges Mitleid.

„Und dann hast du das Schwimmteam gewechselt?", fragte er.

„Meinem Dad habe ich zwar gesagt, dass ich meine, nicht ausreichend von Matt gefördert zu werden, aber das war natürlich Quatsch." Tyler schnaubte. „Warum habe ich da nicht bereits den Mut gehabt, die Wahrheit auszusprechen?" Wieder sah er Colin an. „Du hast dich entschuldigt, und das nehme ich an, aber du hast mich an dem Abend im Stich gelassen. Ich hatte gehofft, dass wir Seite an Seite stehen. Gemeinsam für uns."

Dilan schluckte. Tyler hörte nicht auf, ihn zu überraschen. Dass der Kerl, den er als arroganten Egoisten abgestempelt hatte, ihnen beiden in Sachen Courage weit überlegen war, ließ sich nur schwer realisieren.

Und doch hatte Tyler bereits vor zwei Jahren und damit jünger als Dilan jetzt, etwas wagen wollen, zu dem er noch nicht einmal gedanklich in der Lage war.

„So habe ich das nie betrachtet." Colin sprach leise, als redete er mit sich selbst. Dann sah er Tyler an. „Es tut mir leid. Von Herzen."

Tyler sagte nichts. Erwiderte Colins Blick und nickte. Es hatte weder etwas Arrogantes noch Abweisendes, was daran lag, dass seine Augen glasig wurden und er die Lippen zusammenpresste.

Er kämpft mit den Tränen, dachte Dilan und hätte ihn am liebsten umarmt. Aber einerseits hatten sie erst vor Kurzem das Stadium der Konkurrenz verlassen und ließen sich sicherlich noch nicht als Freunde bezeichnen, andererseits war dies eine Situation, in der eine solche Geste dazu führen konnte, die Fassung zu verlieren.

Auch waren sie nicht vertraut genug miteinander, dass Dilan Tyler zumuten wollte, vor ihnen zu weinen. Er selbst würde dies auch nicht wollen. Damit musste er sich eingestehen, dass diese Situation komplizierter war als die zuvor.

Wenn einem nicht viel daran lag, was der andere von einem hielt, oder man ohnehin davon ausging, dass er eine schlechte Meinung hatte, gab es keinen Kampf zu führen.

„Ätzend, was diese Heimlichtuerei mit uns macht." Dilan schlug mit der Faust in die Handfläche der anderen Hand, und die beiden Jungen sahen ihn irritiert an. Plötzlich brach Tyler in Gelächter aus, und Colin und Dilan stimmten ein.

„Sorry, du hast natürlich recht, aber das hatte tatsächlich etwas von einer Parole bei der Prideparade. Da würdest du dich gut als Anführer machen", sagte Tyler immer noch grinsend.

„Dann lasst uns eine organisieren." Dilan sprang auf. „Mal im Ernst. Es kann doch nicht sein, dass hier drei Kerle sitzen, die sich vorschreiben lassen, wie sie sein sollen. Sich dadurch einschränken und sogar untereinander schaden."

Colin hob beschwichtigend die Hände. „Langsam, Großer. Ich glaube, da fließt etwas zu viel Alkohol durch deine Adern."

Obwohl Dilan zugeben musste, dass sich sein Kopf leicht anfühlte und ihn zudem die typische Euphorie gepackt hatte, die er vom Angetrunkensein kannte, wollte er das nicht wahrhaben. „Ich will Tyler zustimmen. Wir müssen doch etwas ändern.“

„Ich freue mich, dass du mir zustimmst.“ Tyler sah Dilan an. „Dennoch stimme ich deinem Freund zu, dass so etwas mit Bedacht und Schritt für Schritt durchgeführt werden muss.“

„Das aus deinem Mund?“ Dilan schüttelte den Kopf. „Ich dachte, du bist der Erste, der rausrennt und es in die Welt schreit.“

„Du wärst überrascht, wie schüchtern ich sein kann.“ Tyler grinste schief. „Du weißt doch, wie das mit bellenden Hunden ist. Ich haue schnell etwas raus, aber meist eher, damit keiner sich traut, mich anzumachen.“ Er sah von Colin zu Dilan. „Manchmal auch, um jemanden bewusst anzumachen. Und sich dann zu ärgern, dass der nicht einsteigt.“

Dilan schluckte. Er hatte Colin nie von der Situation unter der Dusche erzählt. Vordergründig, weil dies vor ihrer Zeit gewesen und im Grunde nichts passiert war. Das hast du dir super zurechtgelegt, kommentierte seine innere Stimme im sarkastischen Tonfall, denn diese Erklärung hörte sich im ersten Augenblick passend an, warf aber zugleich die Frage auf, warum er die Szene verheimlicht hatte, wenn sie nichts bedeutete.

Und behaupte nicht, dass du es vergessen hättest, setzte seine innere Stimme nach und sprach erneut die Wahrheit aus. Jedes Mal, wenn die Sprache auf Tyler kam, war es ihm nämlich eingefallen, gepaart mit dem Impuls, es Colin zu erzählen, der stets von seiner Angst erstickt wurde.

Je länger sie zusammen waren, desto komplizierter wurde es, denn es blähte die Angelegenheit weiter auf.

Wenn er seinem Freund nicht gleich zu Anfang reinen Wein eingeschenkt hatte, dann handelte es sich definitiv um eine brisante Angelegenheit. Zumindest würde Colin das denken, und sicherlich auch die meisten anderen.

Dass er nun nicht mehr davonkommen würde, wusste Dilan in dem Augenblick, als er sah, wie sich Colins Augen verengten, und er von Tyler zu ihm sah.

„Was ist da los gewesen?", fragte er, und obwohl ein Lächeln seine Lippen umspielte, war ihm anzusehen, dass es bemüht war und dazu diente, die Anspannung zu überdecken.

Dies erweckte Dilans Mitgefühl, denn er hatte bislang geglaubt, besonders in dieser Hinsicht unterlegen zu sein. Dass er es war, der mehr an Colin hing als umgekehrt, und ebenso mehr damit zu kämpfen hatte, dass sein Freund eine Vergangenheit mit anderen Männern hatte. Ironischerweise beide mit demselben, der ihnen gegenübersaß.

„Es war vor ein paar Wochen nach einem Wettkampf. Tyler hat gesagt, dass ich gut in Form bin, was ich ehrlich gesagt für einen Scherz gehalten habe. Schließlich war unser Verhältnis zu dem Zeitpunkt noch ganz anders." Dilan schluckte.

Jetzt nicht aufhören, sondern mit dem entscheidenden Teil weitermachen, riet er sich.

„Als wir dann unter der Dusche waren, hat Tyler mir gezeigt, was er in der Hose hat."

„Und?" Colins Frage klang tonlos.

„Die Pussy hat sich nicht getraut", entgegnete Tyler. „Leider." Er grinste schief. „Das war nämlich definitiv kein Witz."

„Mehr war nicht?“ Colin klang angespannt.

„Nein“, antwortete Dilan und hätte gerne gesehen, dass sich Colins Miene in Erleichterung darüber entspannen würde. Plötzlich kam er sich unglaublich dämlich vor. „Es tut mir leid, dass ich dir nicht vorher davon erzählt habe. Das wäre richtig gewesen.“

„Ist doch nichts passiert.“ Colin sah ihn auf eine Art an, die im Gegensatz zu seiner Aussage stand: Dilan hatte sich falsch verhalten, und es war völlig egal, ob mehr passiert war oder nicht.

„Schon, aber trotzdem.“ Dilan fasste nach Colins Hand und fürchtete einen Augenblick, er würde sie zurückziehen.

Doch stattdessen drückte er ihm einen Kuss auf die Wange. „Ist immer blöd, so etwas zu hören. Obwohl es ja klar ist, dass jeder eine Vergangenheit hat, oder?“

„Absolut! War für mich auch komisch, von dir und Tyler zu hören.“

„Drama im Paradies?“ Tyler verdrehte theatralisch die Augen. „Jetzt macht euch mal locker, Jungs. Selbst wenn etwas passiert wäre, das war einige Zeit, bevor ihr zusammen wart, insofern hat sich hier keiner irgendwas zuschulden kommen lassen.“

Endlich ist es raus, dachte Dilan und war dankbar. Und nicht nur dafür. Auch, dass er Colin hatte, war ein großes Glück, ebenso, was sich mit Tyler anbahnte, zwischen ihnen dreien. Nicht nur eine Gemeinschaft, die aufgrund ihrer sexuellen Orientierung eine Gemeinsamkeit hatte, sondern drei junge Männer, die Vorstellungen, Wünsche und Träume teilten.

Die Themen danach wurden leichter, sie lachten viel
und alberten herum oder womöglich gerade deshalb –
sie waren dabei, sich miteinander anzufreunden.

25

„In Arlington? In der Klinik?" Dilan war klar, dass er wie ein Papagei das nachplapperte, was die Frau ihm gesagt hatte.

„Es ging nicht anders. Sie hat so stark geblutet, dass ihre Kollegen den Notarzt gerufen haben", sagte die Frau, die sich als Krankenschwester vorgestellt und deren Namen Dilan bereits vergessen hatte.

„Aber sie hatte doch nur Nasenbluten?", fragte er.

„Auch das kann sehr stark sein und war es bei deiner Mutter. Deshalb musste sie hier versorgt werden."

„Kann ich zu ihr?"

„Selbstverständlich. Deshalb rufe ich an. Auch, weil du ihr ein paar Sachen mitbringen könntest." Sie gab ihm durch, was seine Mom benötigte, nicht ohne ihn zuvor zu bitten, sich etwas zu schreiben zu holen.

Dilan war ihr dankbar dafür. So aufgewühlt, wie er war, hätte er sich bereits Sekunden später an nichts mehr davon erinnern können.

„Hast du jemanden, der dich begleiten kann?", fragte die Krankenschwester.

„Ja."

„Okay." Ein Rascheln ertönte. „Deine Mutter ist noch im Eingriffsraum unserer Notaufnahme, wird danach aber auf Station 2-22 aufgenommen. Hast du dir das notiert?“

Dilan nickte, während sein Blick in die Ferne ging. „Hallo?“

„Ja. Habe ich.“ Er räusperte sich. „Geht es ihr gut?“

„Mach dir keine Sorgen.“

Obwohl es sich um eine Aussage handelte, die beruhigen sollte, konnte sich Dilan nicht des Eindrucks erwehren, dass im Tonfall der Krankenschwester etwas herauszuhören war, das das Gegenteil ausdrückte.

„Sie arbeitet zu viel. Wegen mir. Ich hoffe, dass es nichts Ernstes ist.“

„Dilan“, sagte die Schwester nach einer kurzen Pause. „Die Blutung ist gestillt, und ihr geht es gut. Aber wir müssen noch ein paar Untersuchungen durchführen. Am besten sprecht deine Mom und du in Ruhe mit den Ärzten, sobald du hier bist.“

„Okay.“ Er legte auf, ohne sich zu verabschieden oder eine Erwiderung der Schwester abzuwarten. Starrte anschließend auf den Zettel mit den Notizen, bis die Buchstaben zu schwimmen begannen und erst eine, dann eine weitere Träne auf das gelbe Papier fiel. Mit der Hand wischte er sie trotzig weg, wobei die Kugelschreibertinte ein wenig verschmierte. „Fuck!“, rief er. „Fuck!“

Er packte den Block und schleuderte ihn durch die Küche, dann den Kuli und schmiss ihn hinterher. Raufte sich mit beiden Händen das Haar und drehte sich um die eigene Achse, während die Tränen weiterliefen.

Woher stammte dieses Gefühl? Diese Gewissheit, dass ihn eine schlimme Nachricht im Krankenhaus erwartete?

Sein Daumen zitterte, als er auf das Display des Smartphones tippte, um Colin anzurufen. Hoffentlich kann er, dachte Dilan.

„Was ist los? Du klingst, als wäre was passiert", sagte Colin.

„Meine Mom. Sie ist in der Klinik in Arlington."

„Geht es ihr gut?"

„Inzwischen wohl wieder, aber sie hatte so starkes Nasenbluten, dass der Notarzt kommen musste."

„Oh Mann!"

„Ich fahre hin, um mit den Ärzten zu sprechen und nach ihr zu sehen. Kommst du mit?"

„Aber klar doch. Ich spreche mit meinem Dad, dass jemand anderes meine Schicht in der Tankstelle übernimmt, und hole dich dann ab, okay?"

„Danke."

„Ist doch selbstverständlich. Vor allem will ich auch wissen, was mit Judie los ist."

Dilan schwieg einen Augenblick. „Du denkst auch an den blauen Fleck, oder?"

„Genau. Soweit ich weiß, kann das auftreten, wenn etwas mit der Blutgerinnung nicht stimmt."

„Und jetzt hatte sie schlimmes Nasenbluten."

„Ich weiß, dass es bescheuert ist, so etwas zu sagen, aber mach dir nicht zu viele Gedanken. Wir warten ab, was die Ärzte sagen, in Ordnung?"

„Okay."

„Ich bin an deiner Seite und ich liebe dich."

„Ich dich auch."

„Dann bis gleich, mein Süßer."

Nach ihrem kurzen Gespräch fühlte Dilan sich ein wenig besser. Auf Colin war Verlass, und auch seine Mom hatte ihn ins Herz geschlossen und wäre sicherlich froh, auch ihn zu sehen. Vor allem, da Colin stets einen kühlen Kopf bewahrte und so im Gespräch mit den Ärzten nicht nur die richtigen Fragen stellen, sondern auch die Antworten behalten würde. Dinge, die sich Dilan, zumindest in seiner derzeitigen Verfassung, kaum zutraute. Und dass sich die bessern würde, blieb zumindest zweifelhaft.

Er griff nach dem Zettel und suchte die Sachen für seine Mom zusammen. Dankbar, eine Beschäftigung zu haben, die ihn vom Gedankenkarussell ablenkte, für das er eine Dauerfahrkarte gebucht hatte.

„Dilan? Ich bin da", ertönte es vom Eingang.

Er sah von der Tasche auf, die er auf das Sofa gestellt hatte, das seiner Mutter als Bett diente, und das Glücksgefühl, das ihn durchfuhr, als er seinen Freund sah, war anders als die Male zuvor. Profunder.

Von dem leichten Flirren einer Romanze hatte sich ihre Beziehung in der kurzen Zeit verdichtet, zu einem Geflecht, das außer ihnen beiden noch seine Mom einspann und das sie fester aneinanderband.

„Schön, dass du da bist", sagte er, als er Colin erreicht hatte, und fiel ihm um den Hals.

„Wir schaffen das." Colin strich ihm über den Rücken. „Erst mal schauen, was überhaupt los ist. Man muss nicht gleich vom Schlimmsten ausgehen."

„Stimmt." Dilan hob den Kopf, den er an Colins Schulter gelehnt hatte, und küsste ihn. „Ich denke, das wirst du mir auf der Fahrt noch einige Male sagen müssen."

„Kein Thema. Ich kann das auf Dauerschleife legen." Colin deutete zur Couch. „Brauchst du noch Hilfe?"

„Hab alles gepackt, denke ich. Wir können es noch mal kurz durchgehen. Die Schwester hat mir durchgegeben, was Mom benötigt."

Die Kontrolle ergab, dass Dilan nichts vergessen hatte, was ihn verwunderte. Angesichts der Anspannung hatte er geglaubt, nicht dazu in der Lage zu sein.

„Wenn ich nur nicht diese Ahnung hätte", sagte er, als sie die Tasche im Kofferraum verstaut hatten und in Colins Wagen saßen.

„Ahnung oder Sorgen?"

„Ist das nicht dasselbe oder zumindest ähnlich?"

Colin überlegte kurz. „Eine Ahnung ist eher eine Vermutung, und Sorgen macht man sich wegen eines Problems."

„Aber macht man sich nicht auch Sorgen, weil etwas passieren könnte?"

Colin grinste. „Auf den Kopf gefallen bist du nicht, mein Hübscher. So habe ich das noch nicht gesehen, und damit hast du recht. Aber zurück zu dem, was du anfangs gesagt hast. Worin besteht denn deine Ahnung?"

„Dass meine Mom krank ist." Dilan schluckte trocken. „Sie lastet sich so viel auf. Schon seit Jahren. Wegen mir führt sie ein Leben voller Stress. Hat zwei Jobs, und trotzdem reicht es vorne und hinten nicht. Und was mache ich?" Die Sicht verschleierte sich, dann liefen die Tränen.

„Hey!" Colin warf ihm einen kurzen Seitenblick zu und legte ihm dann die Hand auf den Oberschenkel. „Natürlich kenne ich Judie erst seit Kurzem, aber ich bin mir sicher, dass sie nicht denkt, dass du nichts für sie tust." Er nahm Dilans Hand, zog sie zu sich und küsste sie. „Du bist ihr Sohn, ihr Kind, und sie ist eine großartige Mutter, für die du stets im Vordergrund standest. Aber nicht, weil sie eine Gegenleistung dafür erwartet. Oder höchstens die, dass du glücklich wirst."

Dilan nickte stumm und hörte die Stimme seiner Mom im Kopf, als sie ihm vor nicht langer Zeit exakt das gesagt hatte.

„Und außerdem bist du für sie da. Auch jetzt", sagte Colin.

„Ist doch selbstverständlich."

„Ebenso selbstverständlich wie für Judie, sich um dich zu kümmern." Colin räusperte sich. „Ich stimme dir in dem Punkt zu, dass man all das nicht als Selbstverständlichkeit betrachten sollte. Schau dir nur meinen Dad an, der liebt mich nicht so bedingungslos wie Judie dich. Ihm könnte ich nicht von uns erzählen. Selbst die Unterstützung der Eltern ist nichts, was garantiert ist, ebenso wenig umgekehrt."

Dilan wollte etwas entgegnen, aber ihm schnürte sich die Kehle zu. So aufmunternd Colins Worte gemeint waren, sie hatten ihm erneut vor Augen geführt, was für ein Schatz ihm durch seine Mom zuteilwurde, und im selben Augenblick, welcher Verlust ihm drohte.

„Jetzt mach nicht so ein Gesicht." Erneut küsste Colin seine Hand.

Du bist so ein Egoist, schoss es Dilan mit einem Mal in den Kopf. „Es tut mir leid", sagte er und sah zu Colin rüber.

Der runzelte die Stirn. „Was meinst du?"

„Ich habe mir nie wirklich Gedanken gemacht, womit du zu kämpfen hast. Dass du zu Hause nicht über uns sprechen kannst. Immer musst du einen Teil von dir verleugnen.“

„Jetzt lass uns keine weitere Baustelle aufmachen.“ Colins Lächeln wirkte gezwungen. „Erst mal Judie und dann schauen wir weiter.“

„Okay.“ Die Worte lagen auf Dilans Zunge, dass er es ernst meinte und sich schämte, dass ihm das erst jetzt richtig bewusst geworden war. Doch in Colins Reaktion erkannte er mehr, als der ausgesprochen hatte.

Darüber zu reden, verursachte Colin Schmerzen, die er nicht aushalten wollte oder konnte. Besonders nicht in diesem Augenblick, da ihnen eine Auskunft bevorstand, die genau das bedeuten konnte.

Anstatt etwas zu sagen, führte er Colins Hand, die die seine immer noch hielt, zum Mund und küsste sie. „Ich bin so froh, dass ich dich habe.“

„Geht mir ganz genau so, mein Hübscher.“ Dieses Mal wirkte Colins Lächeln nicht verkrampft, sondern auf herzerwärmende Weise entrückt.

Dilan betrachtete ihn und wusste, dass sie in diesem Moment das Gleiche fühlten: Glück, das sie umfloss, als würde man in eine Badewanne steigen, deren Wasser exakt die richtige Temperatur hatte, um sich zurückzulehnen und die Augen zu schließen.

26

Das St. Vincent Hospital in Arlington war ein Ungetüm, das trotz der vielen Fenster wie ein Betonklotz wirkte. Dem Grau der äußeren Erscheinung hatte man im Innern versucht, mit pinken Akzenten etwas entgegenzusetzen.

„Na, ob das Rosa es besser macht." Auf diese Art fasste Colin kurz nach dem Eintreten zusammen, was auch Dilan dachte. „Wo müssen wir noch mal hin?"

Dilan zog den Zettel aus der Hosentasche und faltete ihn auseinander. „Station 2-22."

„Da bei den Fahrstühlen ist eine Übersichtstafel."

Sie blieben vor dem Schild stehen, das sämtliche Bereiche des Krankenhauses und dahinter das Stockwerk aufführte.

Kaum hatte Dilan die gesuchte Station entdeckt, fuhr ihm der Schreck heiß in den Magen. „Fuck!" Mehr kam ihm nicht über die Lippen.

Colin sah ihn fragend an, folgte dann seinem Blick. „Hämatologie, Onkologie." Er fasste Dilans Schulter. „Das muss nichts bedeuten. Vielleicht liegt sie nur dort, weil woanders kein Bett frei war." Es klang halbherzig und offenbarte, dass er selbst nicht daran glaubte.

Im Fahrstuhl kämpfte Dilan die Stimme nieder, die ihm sagte, dass sie es gewusst habe, und ebenso den Impuls, fortzulaufen. Solange es keiner ausgesprochen hatte, existierte es noch nicht. Zumindest nicht in seiner Welt.

Der nächste Gedanke, der ihn heimsuchte, war die Vorstellung, seine Mutter einfach mitzunehmen, ohne mit den Ärzten zu sprechen. Irrwitzig und kaum realistischer als einfach wegzulaufen. Doch mit derselben Grundidee: verleugnen, was tatsächlich los war.

Du bist kein Kind mehr, sagte er sich. Eine schlichte Feststellung, die dennoch ihre Wirkung nicht verfehlte.

Obwohl es in seinen Eingeweiden rumorte, als sich die Fahrstuhltür im zweiten Stock öffnete, waren seine Schritte fest. Zwang er seine Füße, den Weg zu dem Empfangstresen der Station zu nehmen, hinter dem eine kräftige Krankenschwester mit blondem Pferdeschwanz saß und auf einen Computerbildschirm starrte.

Noch bevor Dilan etwas sagen konnte, sah sie auf und lächelte. „Du bist bestimmt Dilan.“

„Ja, aber woher ...?“ Mehr brachte Dilan nicht raus, so baff war er.

Die Schwester lachte. „Judie hat uns gesagt, dass ihr hübscher blonder Sohn kommt, der ein großartiger Schwimmer ist. Und vor mir steht ein gut aussehender junger Mann mit breitem Kreuz. Da war es nicht schwer zu erraten.“ Sie sah zu Colin rüber. „Obwohl ich sagen muss, dass zwei attraktive Herren hier vor mir stehen, auch das hatte Judie bereits vermutet. Sie freut sich sicherlich, euch zu sehen." Sie erhob sich, kam hinter dem Tresen hervor und bedeutete Colin und Dilan, ihr zu folgen.

Vielleicht hat Colin doch recht, und sie liegt hier nur, weil woanders kein Bett frei war. So gerne er der inneren Stimme geglaubt hätte, sie klang ebenso wenig überzeugend wie Colin, als er das geäußert hatte.

„Judie, Sie haben Besuch", sagte die Schwester, nachdem sie die Zimmertür geöffnet hatte. „Ich schicke Ihnen dann unsere Frau Doktor, in Ordnung?"

„Danke, Schwester Ginger", entgegnete Dilans Mutter.

„Wie geht es dir?", fragte Dilan, nachdem er sich über sie gebeugt, sie gedrückt und ihr einen Kuss auf die Wange gedrückt hatte.

„So weit geht es eigentlich. Nur diese Dinger nerven." Seine Mom deutete auf ihre Nase, aus der zwei Plastikschläuche hervorragten, die über den Nasenrücken bis zur Stirn führten, wo sie mit Pflasterband festgeklebt waren.

„Ich wollte dich schon fragen, woher du diesen abgefahrenen Kopfschmuck hast, liebe Judie", sagte Colin, der auf der anderen Seite des Bettes stand.

„Was glaubst du denn? Selbstverständlich aus Paris, direkt vom Laufsteg." Dilans Mutter lachte.

Colin und Dilan stimmten ein, und für einen Moment lockerte die Anspannung den Würgegriff um Dilans Kehle ein wenig.

„Wie lange müssen diese Dinger denn noch drinbleiben?", fragte Dilan.

„Die Docs sagen, mindestens vierundzwanzig Stunden. Vor allem ist das hier", seine Mom berührte kurz die Schläuche auf dem Nasenrücken, „nur die Luftleitung. Die Nasentamponade, quasi die Ballons, sitzen in der Nase.“

„Oh Mann!“ Colin rieb sich das Kinn. „Ist sicherlich unangenehm.“

„Unangenehm?“ Dilans Mutter stieß ein Schnauben aus. „Unangenehm ist ein Steinchen im Schuh, lieber Schwiegersohn. Aber das hier fühlt sich an, als wäre mein Schädel in einer Schraubzwinge.“

„Sorry“, sagte Colin, aber in seinem Gesicht erkannte Dilan, dass er sich über die Bezeichnung „Schwiegersohn“ freute. Besonders nach dem, was sie zuvor im Auto besprochen hatten, war Dilan seiner Mutter dankbar. Dass sie Colin nicht nur mit offenen Armen aufgenommen hatte, sondern ihm stets vermittelte, dass auch er ihr wichtig war, nun mit zur Familie gehörte, würde dessen Schmerz angesichts der Einstellung seines Vaters möglicherweise ein wenig abmildern.

Ein Klopfen ertönte von der Zimmertür, die unmittelbar anschließend geöffnet wurde. Eine Ärztin in blauer Funktionskleidung, über der sie einen geöffneten Kittel trug, trat ein. Die gelockten, dunklen Haare trug sie zum Pferdeschwanz gebunden, und durch die rot eingefasste, runde Brille betrachtete sie mit wachem Blick zunächst Patientin und Besuch, sah dann auf das Krankenblatt, das sie in Händen hielt.

„Mrs. Wilks. Das sind Ihre Söhne?“, fragte sie.

„So ist es“, entgegnete Dilans Mutter mit fester Stimme, und trotz der Spannung, die sich erneut im Raum anstaute, wärmte das flüchtige Lächeln in Colins Gesicht auch dieses Mal Dilan das Herz.

„Mein Name ist Dr. Falkner. Bitte wundern Sie sich nicht, dass ich Ihnen nicht die Hand schüttele, aber aus hygienischen Gründen handhabe ich das so.“

Dilan hatte Schwierigkeiten, die distanzierte Haltung der Ärztin einzuordnen, beziehungsweise seine Haltung dazu. Einerseits würde ihm ein wärmeres Auftreten guttun, andererseits fragte er sich, ob das nicht ein rein persönlicher Wunsch war.

Ist nicht wichtiger, dass sie kompetent ist?, äußerte sich seine innere Stimme.

„Wir haben die Ergebnisse einiger Blutuntersuchungen. Die Anzahl der Thrombozyten in Ihrem Blut, also dem Bestandteil, der wesentlich an der Blutgerinnung beteiligt ist, ist sehr niedrig. Deshalb die starke Blutung.“ Dr. Falkner blätterte zur nächsten Seite. „Wir müssen herausfinden, weshalb dieser Wert zu niedrig ist.“

„Welche Möglichkeiten gibt es?“, fragte Colin.

Dr. Falkner sah von dem Krankenblatt auf und ihn an. „Vereinfacht gesprochen müssen wir zunächst eingrenzen, ob die Plättchen zu stark verbraucht oder zu wenig gebildet werden. Meist liegt eine Störung in der Entstehung der Thrombozyten vor, weshalb wir eine Knochenmarkpunktion durchführen müssen. Dies ist der Ort, an dem die Bildung stattfindet.“

„Ist das schmerzhaft?“, fragte Dilan.

„Natürlich erhält Ihre Mutter eine örtliche Betäubung.“

„Und was ist Ihre Vermutung, Doc?“, fragte Dilans Mutter.

Dr. Falkner hob abwehrend die Hand. „Ich halte nichts davon, mich in Vermutungen zu ergehen. Besonders nicht heutzutage, wo jeder gleich alles googelt, was nur zu unnötiger Verwirrung führt. Lassen Sie uns abwarten, was wir herausfinden. Wenn Ergebnisse da sind, besprechen wir die umgehend."

„Okay." Dilans Mutter nickte.

Dr. Falkner verabschiedete sich und verließ das Zimmer.

„Nicht sonderlich sympathisch", sagte Colin im Anschluss.

„Stimmt, aber sie wirkt dennoch kompetent", sagte Dilan.

„Finde ich auch." Dilans Mutter nutzte den Griff, der an einer Vorrichtung über ihrem Kopf baumelte, um sich in eine aufrechtere Position zu hieven. „Wir haben nur vergessen zu fragen, wie lange das Ganze dauert und vor allem, was es kosten wird."

„Bist du krankenversichert?"

Colin hatte die Frage gestellt, die Dilan eine Gänsehaut verursachte, weil er die Antwort ahnte, obwohl seine Mom und er über dieses Thema noch nie gesprochen hatten.

„Nein. In der Bar gibt es ohnehin keine und bei Walmart besteht die Möglichkeit, aber ich wollte das Geld einsparen. Es ist ja ohnehin nicht viel." Sie schlug die Augen nieder.

Dilan lief es heiß und kalt den Rücken herunter. Bei aller Angst, die ihn vor einer schlimmen Diagnose umgetrieben hatte, war ihm nicht eingefallen, dass die anfallenden Behandlungskosten ein Problem darstellen könnten. Bis zu dem Augenblick, als Colin die Frage gestellt hatte.

„Mach dir keine Sorgen." Colin ergriff ihre Hand und sah zu Dilan. „Wir bekommen das hin und finden eine Lösung."

Wie soll die aussehen?, fragte sich Dilan. Doch anstatt es auszusprechen, fasste er die andere Hand seiner Mom. „Colin hat recht. Uns fällt schon etwas ein. Die Hauptsache ist, dass wir herausfinden, was dir fehlt, und du so schnell wie möglich wieder auf die Beine kommst."

Dilans Mutter lächelte sie an. „Was seid ihr doch für tolle Jungs."

Stumm sahen sie einander an, und Dilan wusste, dass sie beide dasselbe unsichtbare Band spürten, das sie umgab.

27

„Es gibt staatliche Hilfen, die man beantragen kann“, sagte Colin und biss von der Fritte ab, die er zuvor in Ketchup getaucht hatte.

Nach ihrem Besuch im Krankenhaus waren sie zu TGI Fridays gegangen, und Colin hatte für sie beide Burger bestellt, obwohl Dilan kaum glaubte, etwas runterzubringen. Der Gedanke an seine Mom, die Ergebnisse der anstehenden Untersuchungen und die ungeklärte Kostenfrage schnürten ihm den Magen zu.

„Jetzt iss mal was. Ich weiß, dass es viel ist, aber wir müssen jetzt einen kühlen Kopf bewahren, und du musst bei Kräften bleiben, um durchzuhalten.“ Colin legte den Kopf schief. „Weißt du noch, als wir vorhin darüber gesprochen haben, was deine Mom für dich und du für sie tun könntest?“

Dilan presste die Lippen zusammen und nickte. Ihm war nach Heulen zumute. Ständig sah er das Bild seiner Mom vor sich, wie sie im Krankenhausbett lag. So zierlich, dass ihre Kontur unter der Bettdecke kaum zu erahnen war, und die nicht bedeckten Körperstellen mit Schläuchen und Kabeln übersät.

Dilan spürte eine Berührung am Kinn, hob den Kopf und sah, dass Colin sich zu ihm rübergebeugt hatte. „Sie sah so verletzlich aus, weißt du?“

„Mein Hübscher, ich verstehe absolut, was du meinst.
Natürlich hat mich der Anblick auch geschockt, und
ich kann mir kaum ausmalen, was es bei dir verursacht
hat." Er strich Dilan sanft über die Wange, bevor er sich
wieder zurücklehnte. „Aber was ich sagen wollte, als
ich dich an unser Gespräch im Auto erinnert habe – das
ist ein Moment, wo du für Judie da sein musst. Das mag
sich hart anhören und soll nicht falsch rüberkommen,
aber du musst jetzt stark sein. Für sie." Ein Lächeln
huschte über sein Gesicht. „Was nicht bedeutet, dass
ich nicht für dich da bin. Das bin ich, und du kannst alle
Gedanken und Ängste mit mir teilen, aber lass Judie da
raus, okay?"

„Okay."

„Du sollst dich nicht verstellen, nur deine Gefühle ein
wenig kanalisieren. Verstehst du, was ich meine?"

„Tue ich. Mom macht sich sonst Sorgen um mich."

„Exakt. Für sie wäre es eine doppelte Belastung. Nicht
nur die eigene Erkrankung, sondern auch, wie du darunter leidest." Colin deutete auf seinen Burger. „Und
jetzt iss was. Schließlich gibt es einiges, was wir erledigen und in die Wege leiten müssen, und das geht nur,
wenn du bei Kräften bleibst."

„In Ordnung." Dilan nahm den Burger in die Hände
und biss ab.

„Das ist mein Junge." Colin grinste. „Und wenn du
brav alles aufisst, gibt es morgen nicht nur schönes
Wetter, sondern zu Hause eventuell eine Massage."

„Tatsächlich?" Dilan lächelte.

„Wusste ich doch, dass ich dich auf andere Gedanken
bringen kann."

„Kennst mich halt."

„So ist es." Er zwinkerte Dilan zu. „Und ich weiß, dass wir ein gutes Team sind. Mit vereinten Kräften werden wir all das meistern."

„Hoffentlich."

„Schritt für Schritt, Süßer."

Tatsächlich sprang ein Funken von Colins Zuversicht auf Dilan über und entfachte sogar seinen Appetit, denn plötzlich schmeckte der Burger.

„So lob ich mir das", sagte Colin und lachte, als Dilan auch noch die letzte Fritte verputzt hatte und sich mit der Serviette zufrieden den Mund abwischte. „Und jetzt treten wir die Heimfahrt an und schauen uns diesen Antrag für die staatlichen Hilfen an."

„Guter Plan."

Sie zahlten und verließen das Restaurant. Während sie zum Auto gingen, konnte Dilan kaum dem Impuls widerstehen, Colins Hand zu halten. Was für Hetero-Paare als völlig selbstverständliche Verhaltensweise galt, sogar meist positiv aufgefasst wurde, hatten sie sich verboten. Im besten Falle sahen die Leute weg oder tuschelten, aber so konnten sie sich auch einen blöden Spruch oder sogar richtigen Ärger einhandeln.

Zwar war in Arlington die Chance geringer, auf ein bekanntes Gesicht zu treffen, das die Sensation in Coaksville weitertratschen würde, aber die Angst verhinderte, dass Dilan seinem Wunsch nachgab.

So blieb es bei den verliebten Blicken, die er Colin verschämt von der Seite zuwarf, und dem Gedanken in seinem Kopf: Ich habe so ein Glück! Und das konnte ihm schließlich keiner nehmen. Wenigstens die Gedanken waren frei und von niemandem einsehbar.

„Was geht da oben bei dir vor?", fragte Colin, als sie
den Wagen erreicht hatten.

„Nichts."

„Aha."

Sie stiegen ein, und erneut musste Dilan Colin an-
schauen.

„Ich dich auch, mein Hübscher", sagte der, beugte sich
rüber und küsste Dilan. „Ich dich auch, und zwar so
was von und unglaublich viel." Colin strich ihm übers
Haar. „Jetzt müssen wir aber losfahren, sonst komme
ich noch auf die Idee, dich zu fressen. Und das, obwohl
ich voller Burger und Pommes bin." Zärtlich biss er
Dilan in die Schulter und ließ dann den Wagen an.

„Weißt du eigentlich, wie großartig du bist?", fragte
Dilan, als Colin ausgeparkt hatte und auf die rote Ampel zurollte.

„Wieso? Das macht doch ein guter Freund."

„Aber ein guter Freund zu sein, ist etwas Besonderes.
Genau so, wie du es vorhin über meine Mutter gesagt
hast. Dass es nicht automatisch bedeutet, füreinander
da zu sein. Aber du hast in der kurzen Zeit, die wir zusammen sind, schon so viel für mich getan."

„Du machst mich ganz verlegen."

„Aber es muss mal gesagt werden." Dilan ergriff seine
Hand, zog sie zu sich herüber und hielt sie mit beiden
Händen. „Ich weiß, dass meine Mom das genauso sieht.
Dass du auch für sie zur Familie gehörst."

„Das ist schön." Colins Stimme war kaum mehr als ein
Flüstern, und auch ohne ihn anzuschauen, wusste
Dilan, dass er mit den Tränen kämpfte.

„Wir sind füreinander da."

Den Rest der Fahrt legten sie schweigend zurück. Mit seiner letzten Äußerung hatte Dilan das Wesentliche zusammengefasst, weitere Worte erschienen überflüssig.

Als sie im Trailer-Park eintrafen, stoppte Colin den Wagen. „Soll ich heute Nacht bei dir bleiben?“

„Ist das okay?“

„Na klar.“

„Was glauben deine Eltern eigentlich, wo du bist?“ Kaum hatte er das ausgesprochen, ärgerte Dilan sich über die Frage, mit der er Colins unangenehme Gedanken bezüglich seines Vaters heraufbeschwor.

Doch Colin grinste schief. „Dass du ein heißes Mädel bist, von dem ich die Finger nicht lassen kann.“

„So ist das also.“ Dilan grinste jetzt ebenfalls. „Und wie heiße ich? Dilana?“

„Dolly!“

„Nicht dein Ernst!“

Colin kicherte. „Doch. Tatsächlich.“

„Dafür setzt es was!“

„Ist das ein Versprechen?“

„Worauf du dich verlassen kannst.“

„Na dann“, Colin stieß die Wagentür auf, „worauf warten wir noch?“

28

Obwohl er die kurze Message am nächsten Morgen bereits zum dritten Mal las, wusste Dilan immer noch nicht, ob er Sidney, der sie geschrieben hatte, anrufen oder zurückschreiben sollte. Was die Situation weiter verkomplizierte, war, dass er am liebsten überhaupt nicht antworten wollte.

Die Scham nagte an ihm, fand in jedem weiteren Verschieben einer Rückmeldung weitere Nahrung und glich einer gigantischen Spinne, in deren Netz er zappelte. Und obwohl er wusste, dass die einzige Möglichkeit, sich daraus zu befreien, darin bestand, sich bei seinen Freunden zu melden, fürchtete er die Reaktion. Die berechtigten Vorwürfe, die er sich bereits einige Male selbst gemacht hatte.

Und noch mehr die Fragen, die unweigerlich darauf folgten. Wie sich die Funkstille erklärte und was er die ganze Zeit trieb.

Natürlich konnte er es auf das Schwimmtraining schieben, aber Devon und Sidney wussten, dass der letzte Wettkampf vorüber war. Dass sie nicht dort gewesen waren, ließ sich bereits als klares Zeichen werten. Zumal Dilan sie die anderen Male stets dazu eingeladen oder gefragt hatte, ob sie kämen.

Ist es nicht seltsam, wie schnell sie außen vor sind?, fragte er sich. Doch war das zutreffend? Gehörten die beiden nicht mehr zu seinem Leben, oder hatten sie das noch nie so wirklich?

Ebenfalls Fragen, die ihm wiederkehrend durch den Kopf wanderten, wenn der nicht gerade mit seiner Mom und wie es mit ihr weiterging, beschäftigt war.

Eine weitere Angelegenheit, von der seine Freunde nichts wussten, wobei es natürlich ungerecht war, ihnen das anzulasten. Er war derjenige, der die Funkstille ausgelöst hatte. Und so schwer es ihm fiel, es sich einzugestehen, der Hauptgrund war Colin.

Zwar war es häufig so, dass jemand, der sich verliebte, zunächst viel Zeit mit seinem Partner verbrachte, aber das war in seinem Fall nicht der Grund. Er hatte keine Ahnung, wie Sidney und Devon reagieren würden, ob er ihnen überhaupt davon erzählen wollte.

Ein Verständnis, das vorgetäuscht war, würde ihn ebenso verletzen wie ein blöder Witz, und Ablehnung wäre natürlich noch übler. Die Möglichkeit, dass sie es aufnahmen wie seine Mom, hielt Dilan für unwahrscheinlich.

Wie die Male zuvor, als er darüber nachdachte, kam ihm Perry Docksley in den Sinn. Ein Junge, der nur ein Jahr bei ihnen auf der Highschool war und mit seiner Homosexualität offen umging.

Dilan hatte ihn dafür bewundert und mit Erschrecken miterlebt, durch welche Schwierigkeiten Perry gehen musste. Er wurde verspottet und einmal sogar verprügelt, was zwar außerhalb der Schule geschah, dennoch war es für Dilan eine eindringliche Erinnerung, die ihm vor Augen führte, was auch ihm geschehen konnte.

Mehr noch als das Mobbing durch andere hatte Dilan gestört, dass auch Sidney dumme Witze über Perry gemacht hatte. Zwar hatte Devon sich selten daran beteiligt, aber Sidney auch nicht zurechtgewiesen.

Du aber auch nicht, mahnte seine innere Stimme und warf der Scham einen weiteren Happen hin, den sie genüsslich zu kauen schien, um sich, weitergewachsen, in Dilans Empfinden einzunisten.

Schieb es nicht weiter raus, riet er sich und tippte:

Hey, Sid! Sorry. Ich weiß, dass eine Rückmeldung von mir längst überfällig ist, aber hier war so viel los … Denke, das muss ich euch persönlich erzählen. Wie wäre es morgen Abend bei Wendy's?

Die Antwort ließ nicht lange auf sich warten:

Okay. Sag Dev Bescheid. Um 7 p.m.?

Cool! Freue mich! Ran an die Bulletenbraut!

Alter, ich heirate sie, dann schenkt sie mir viele Bullitins.

Besser als Bull shittings!

Schön, dass du wieder da bist, Dilan.

Immer noch grinsend schob Dilan das Handy in die Hosentasche. Er war froh, dass Sid ohne Umschweife auf seine Blödelei eingestiegen war, die auf ein früheres Treffen zurückging, in dem Devon ziemlich stoned gefordert hatte, dass sie ab sofort anstatt Wendy's Burgerbraut sagten. In seinem grasvernebelten Hirn hatte Devon das zugleich für genial und zum Brüllen komisch gehalten.

Zwar hatte Dilan es noch nicht mit Colin besprochen, der während der Zeit, da Dilans Mom in der Klinik bleiben musste, zu ihm gezogen war, aber er glaubte nicht, dass Colin etwas dagegen hatte. Ganz im Gegenteil. Er würde Dilan raten, seine Freunde nicht zu vernachlässigen.

Das wäre geklärt, dachte er, wusste jedoch, dass es nicht zutraf. Mit den anderen Fragen, die aufgekommen waren hinsichtlich seiner Freundschaft zu Devon und Sidney, würde er sich früher oder später auseinandersetzen müssen. Vor allem mit der, ob der Kontaktabbruch wirklich nur der Sorge geschuldet war, sich ihnen gegenüber outen zu müssen, oder ob er vielmehr hervorgebracht hatte, dass sie keine richtigen Freunde waren.

„Was machst du?", fragte Colin, der in Dilans Zimmer getreten war.

„Habe mit Sidney geschrieben. Treffe die beiden morgen."

„Das ist gut. Hast sie ewig nicht gesehen, oder?"

„Nur in der Schule, aber das war meist nur flüchtig. Wir haben kaum Kurse gemeinsam, und ansonsten war ich ja auch ziemlich eingespannt."

„Wenn sie dir wichtig sind, solltest du dennoch einen Weg finden. Den gibt es immer. Liegt nur an der Priorität."

Das traf Dilan wie ein Faustschlag in den Magen, denn Colin hatte ins Schwarze getroffen und seine eigenen Befürchtungen knapp zusammengefasst.

„Aber mach dir auch nicht zu viele Gedanken", sagte Colin nach einem prüfenden Blick in Dilans Miene, die ihm wohl dessen Sorgen verriet. „Ich habe nur noch mit wenigen Freunden von der Highschool Kontakt, und die liegt bei mir ja auch erst zwei Jahre zurück. Einige verlassen die Stadt, und bei anderen fehlt anschließend die gemeinsame Basis. Jeder entwickelt sich auf seine Art weiter, und man passt nicht mehr zueinander. Was nicht bedeutet, dass euch das passieren muss, und man nicht um eine gute Freundschaft kämpfen soll. Sich verbissen aus Gewohnheit daran festzuklammern, nützt aber ebenfalls niemandem was."

„Inzwischen ist so viel zu erzählen."

„Und das würde dir nicht guttun? Freunden davon zu erzählen? Besonders was deine Mom betrifft? Dass du dir womöglich Sorgen machst, was unsere Beziehung anbelangt, kann ich ein Stück weit verstehen."

„Aber guten Freunden würde man auch davon erzählen, oder?", fragte Dilan und glaubte, so Colins Satz korrekt ergänzt zu haben.

„Im Grunde will ich das mit ‚Ja' beantworten, aber das hängt von allen Beteiligten ab und was du als Freund oder sogar guten Freund definierst. Das ist wie unser

Gespräch gestern auf dem Weg zur Klinik. Von Eltern sollte man auch erwarten können, dass sie in allem hinter einem stehen, und dennoch sieht die Realität anders aus." Er kam auf Dilan zu und küsste ihn. „Ich möchte nicht wie ein Klugscheißer rüberkommen, aber wenn du Vorbehalte hast, dich deinen Freunden anzuvertrauen, sagt das womöglich bereits einiges aus." Colin fuhr ihm mit den Fingerspitzen über die Wange, beugte sich dann vor, um ihn erneut zu küssen. „Lass es morgen einfach auf dich zukommen. Wenn du dich dazu bereit fühlst, erzählst du es. Falls nicht, dann eben nicht."

Wenn es nur so einfach wäre, dachte Dilan, sprach es jedoch nicht aus. In Colins Blick, der selten unsicher wirkte, erkannte er den gleichen Gedanken, und auf seltsame Weise scheute er sich, die Rolle seines Freundes auf diese Weise in Schieflage zu bringen. Denn bislang hatte er Colins Rat nie infrage gestellt, wozu auch keine Notwendigkeit bestand, war er doch stets nützlich gewesen. Und obwohl dieser einzelne Sachverhalt dies nicht vollkommen zum Einsturz bringen würde, barg es die Möglichkeit, dass sich etwas in ihrer diesbezüglichen Beziehung verschob.

Dilan war klar, dass er besonders jetzt seinen Partner brauchte, der in schwierigen Zeiten die Führung übernahm und seine Zweifel mit Handlungsanweisungen beantwortete. Kaum war ihm das bewusst geworden, schämte er sich.

Du kannst das nicht von ihm verlangen!

„Was ist los?", fragte Colin, in dessen Blick weiterhin Unsicherheit lag.

„Ist nur alles etwas viel momentan, aber ich kann wirklich froh sein, dich zu haben.“

„Klar hast du mich.“

„Aber ich habe das Gefühl, dass du mehr für mich da sein musst als ich für dich.“

Colin legte ihm eine Hand auf die Schulter. „Wie du schon gesagt hast, momentan hast du auch mit einigem zu kämpfen. Es kommen auch wieder andere Zeiten, und dann bin ich sicherlich froh, dass du mich unterstützt.“ Er klappte das Laptop auf, das auf dem Küchentisch vor ihnen lag. „Aber jetzt lass uns erst mal schauen, dass wir diesen Antrag auf staatliche Hilfe für die Behandlung deiner Mom ausfüllen.“

„Okay.“

29

„Und die Docs wissen noch nicht, was mit ihr los ist?", fragte Devon und kratzte sich am Hinterkopf, wobei die Basecap auf seinem violetten Schopf auf und ab rutschte.

„Die Blutplättchen sind zu niedrig. Deshalb hat sie die blauen Flecken und das Nasenbluten, aber warum das so ist, müssen sie noch herausfinden", entgegnete Dilan.

Er saß seinen Freunden Sidney und Devon gegenüber und war nach der Begrüßung zügig zur Sache gekommen. Zumindest in der Angelegenheit, die seine Mutter betraf. Was sein Liebesleben anbelangte, kämpfte er noch mit sich.

„Klar, dass du da keinen Kopf für ein Treffen hattest", Sidney rührte mit dem Strohhalm in seiner Cola, „aber du weißt doch, dass wir für dich da sind? Musst dich nur melden."

Dilan schluckte und nickte. „Klar." Es klang hohl und leer, wie es sich auch anfühlte, denn dass er sich eben nicht bei seinen Freunden gemeldet hatte, strafte die Zustimmung Lügen.

„Ist deine Mom denn krankenversichert?", fragte Devon.

„Nein."

Sidney stieß die Luft aus. „Das ist scheiße." Er sah Dilan an. „Sorry."

„Stimmt schon", entgegnete Dilan.

„Das heißt, wir müssen Geld zusammenbekommen", sagte Sidney.

Die Scham, die wie eine wohlgenährte Spinne in Dilans Gewissen saß, breitete ihre Beine aus und grub sich noch tiefer ein.

Da hast du die Antwort, kommentierte seine innere Stimme.

Er hatte an seinen Freunden gezweifelt, sich gefragt, was und ob sie wirklich etwas verband, und nun saßen diese Menschen ihm gegenüber und wollten Pläne schmieden, wie seiner Mom zu helfen war.

„Das ist so cool von euch", sagte er und schluckte trocken. „Es gibt auch noch was, das ich euch schon längst hätte erzählen sollen." Er wischte die schweißnassen Handflächen an seiner Jeans ab und hoffte, ihm würden die korrekten Worte einfallen, um fortzufahren.

Die richtigen Worte gibt es nicht, nur deine.

Dilan wusste nicht, woher dieser Gedanke kam. Ob es ein Spruch war, den er schon einmal irgendwo gehört oder gelesen hatte, aber er verfehlte nicht seine Wirkung, denn anstatt weiter zu zögern, redete er. Er erzählte von Colin, wie sie einander nähergekommen und ein Paar geworden waren und vor allem, wie glücklich ihn das machte.

Das Schweigen, das daraufhin folgte, und ebenso der Gesichtsausdruck seiner Freunde ließen sich schwer deuten. Vor allem, da er mit einer vehementeren Reaktion gerechnet hatte. Um ehrlich zu sein, mit Abwehr.

Mit der Frage, ob er wirklich sicher sei, dass er das wollte.

„Freu mich für dich“, sagte Devon schließlich.

„Ich mich auch.“ Sidney lächelte ihn an.

„Danke“, sagte Dilan tonlos, der immer noch nicht glauben konnte, wie die Reaktion ausfiel.

„Und wir denken, du trainierst hart, dabei war es nur Bettsport, du kleine Sau!“ Devon beugte sich über den Tisch und versetzte Dilan einen freundschaftlichen Klaps auf die Schulter.

„Aber weißt du, was das bedeutet, Dev?“, fragte Sidney.

Devon schüttelte den Kopf.

„Jetzt, da unser Adonis aus dem Rennen ist, bleiben die ganzen scharfen Chicks für uns.“

Sie klatschten einander ab.

„Gute Idee, Alter“, sagte Devon. „Das heißt, ich grabe als Nächstes Beth an.“

„Die will doch nichts von dir. Wenn, dann habe ich Chancen“, sagte Sidney.

Einerseits erfreute Dilan, wie seine Freunde sein Coming-out aufgenommen hatten, andererseits war es fast ein wenig enttäuschend, wie wenig Aufhebens sie darum machten.

Dir kann man auch nichts recht machen! Der Einwurf seiner inneren Stimme brachte ihn zum Lachen. Seine Freunde werteten dies als Reaktion auf deren Kabbelei um Beth und stimmten ein.

„Aber jetzt noch mal ehrlich und von Herzen, und ich denke, Sid stimmt mir da zu – wir freuen uns sehr für dich, was Colin anbelangt, und helfen dir mit der Krankheit deiner Mom“, sagte Devon.

„Vielen Dank!" Dilan erhob sich und umarmte einen nach dem anderen. Als er wieder saß, runzelte er die Stirn. „Nur, wie stellen wir das an?"

„Du meinst, wie wir an Geld kommen?", fragte Sidney.

„Die Tanke von Colins Dad fällt wohl aus." Devon sah von Sidney zu Dilan und schien dessen fragenden Blick zu bemerken. „Na, für einen Überfall."

„Idiot!" Sidney haute ihm mit der flachen Hand gegen den Hinterkopf.

„Au!"

„Sollte auch wehtun. Ist schließlich 'ne ernste Sache, da macht man keine Witze." Sidney sah zu Dilan. „Warum veranstalten wir nicht eine Spendensammlung? Viele Menschen in der Stadt kennen und mögen deine Mom. Wenn jeder etwas gibt, bekommen wir sicherlich eine gewisse Summe zusammen."

„Keine schlechte Idee." Dilan wiegte den Kopf.

„Ist ja auch von mir." Sidney warf Devon einen gespielt entnervten Seitenblick zu. „Und mit entsprechender Führung ist sogar der Kerl für etwas zu gebrauchen. Zum Geldsammeln definitiv."

„Und wir laufen mit einer Dose von Tür zu Tür? Wie die Heilsarmee?", fragte Dilan. „Meinst du, das klappt?"

„Denke schon." Sidney rührte erneut mit dem Strohhalm in seiner Cola.

„Besser wäre doch ein Event", sagte Devon.

„Event?" Sidney zog den Strohhalm aus dem Getränk und sah zu, wie sich ein Tropfen davon löste und in das Glas fiel.

„Du meinst ein Konzert oder so was?", fragte Dilan.

„Oder ein Fest. Ich denke, wenn es irgendwas ist, wo die Leute zusammenkommen und Spaß haben, machen die schneller Kohle locker, als wenn wir unangekündigt auf der Matte stehen.“

Darüber dachte Dilan einen Augenblick nach. „Die Idee finde ich gar nicht schlecht.“

„Nur, wie organisieren wir das?“, fragte Sidney.

„Wir könnten unsere Rektorin anhauen“, sagte Devon.

„Super Idee! Die Greenwich fährt darauf ab, wenn jemand sich für eine gute Sache engagiert. Wisst ihr noch letztes Jahr, dieses Projekt, das Cleo für Kinder in Afghanistan organisiert hat?“ Sidney steckte den Strohhalm zurück ins Glas.

„Das, aus dem nichts geworden ist?“ Dilan lehnte sich zurück.

„Schon, aber das ist doch nicht so wichtig. Hauptsache ist, dass wir jemanden finden, der uns unterstützt und viele Kontakte hat“, entgegnete Devon.

„Da hast du recht.“ Dilan kratzte sich am Kinn. „Ihr habt beide recht, und es ist einen Versuch wert. Auch wenn ich noch überhaupt nicht weiß, was genau bei meiner Mom los ist, und über welche Kosten wir sprechen.“

„Es schadet definitiv nicht, vorbereitet zu sein“, sagte Sidney.

„Absolut.“ Dilan, der in sein Wasserglas gestarrt hatte, sah auf und von Devon zu Sidney. „Also gut. Planen wir ein Spenden-Event für meine Mom.“

„Wie wäre es mit der Band deines Bruders, Dev?“, fragte Sidney. „Die machen doch Musik, die bei den meisten gut ankommt.“

„Klar, den kann ich fragen. Die spielen auch gute Coverversionen.“

„Und mit Ed muss ich ohnehin sprechen, schließlich wird Mom in der Bar länger ausfallen. Der könnte doch Getränke verkaufen.“

„Super Idee, Dilan.“ Sidney grinste breit. „Alk ist definitiv eine gute Sache. Lockert die Stimmung und die Brieftaschen.“

„Und zu Mr. Barns muss ich auch noch“, sagte Dilan, ohne weiter darauf einzugehen.

„Der Leiter von Walmart?“, fragte Devon.

„Da arbeitet meine Mom ja auch. Natürlich wissen beide Chefs, dass sie im Krankenhaus ist, aber nicht, dass es womöglich länger dauern kann.“

„Vielleicht macht sogar die Konzernzentrale von Walmart was locker.“ Sidney verschränkte die Arme vor der Brust.

„Ob die so ein Fall interessiert, weiß ich nicht.“ Dilan seufzte. „Aber informieren muss ich ihn eh, und womöglich kann Mr. Barns auch etwas zu so einem Fest beisteuern.“

„Wir sollten alles versuchen.“ Devon setzte sein Glas, das nur noch Eiswürfel enthielt, an die Lippen, ließ einen davon in seinen Mund rutschen und zerkaute den daraufhin geräuschvoll.

„Jungs, ich danke euch. Für eure Ideen und die Unterstützung. Echt.“ Dilan legte die Hand auf seine Herzgegend.

„Klar doch.“ Sidney hatte den Strohhalm mittlerweile um den Zeigefinger der linken Hand gewickelt. „Wann lernen wir deinen Stecher denn kennen?“

Die Frage war frech und unerwartet, sodass Dilan unvermittelt lachen musste. „Ich werde ihm natürlich eh von unseren Plänen erzählen. Außerdem hat Colin auch immer gute Einfälle und kennt einige Leute."

„Na, dann ist die Sache doch geritzt. Wir treffen uns die Tage auf ein Bierchen und bequatschen alles", sagte Sidney und wandte sich dann an Devon. „Immerhin ist unser Freund so schlau gewesen, sich einen volljährigen Kerl zu angeln, der uns die Kaltgetränke besorgen kann."

„Dann morgen nach der Schule bei mir zu Hause?", fragte Dilan.

„Stimmt ja." Devon verzog angewidert den Mund. „Morgen ist ja Montag. Am Wochenende vergesse ich immer, dass wir zurück in die Anstalt müssen."

„Sind doch nur noch wenige Wochen." Dilan legte den Kopf schief. „Bald ist die Schule vorbei, und wir werden ihr wahrscheinlich nachtrauern."

„Du bestimmt, du Streber!", rief Sidney und warf den verdrehten Strohhalm nach Dilan.

Den Rest des Treffens alberten sie herum, und es war wie früher, bevor es all die Angelegenheiten gab, die Dilans Leben komplizierter, aber auch deutlich glücklicher machten, wie ihm klar war.

Du hast wirklich großes Glück, dachte er und beschloss, das nicht zu vergessen, als er seine Freunde zum Abschied drückte.

30

Die ersten Tage der folgenden Woche waren geprägt von Gesprächen betreffend das Charity-Event für seine Mutter, eine Idee, die auch Colin gefiel, und obwohl sie sich damit um seine Mom zentrierten, konnte Dilan dadurch den eigentlichen Grund, nämlich deren Erkrankung, mehr oder weniger ausblenden. Bei den Vorbereitungen waren Devon und Sidney eine große Unterstützung. Sie wurden nicht müde, weitere Pläne zu entwickeln und umzusetzen, was Dilan nicht nur unterstützte, sondern ihm auch vor Augen führte, dass er wirklich gute Freunde in ihnen hatte.

Der Anruf aus der Klinik, dass die Ergebnisse der Knochenmarkpunktion vorlagen, die am Montag durchgeführt worden war, katapultierte ihn zurück in das Gedankenkarussell.

Und so beantwortete sein Bauch das Eintreten der Ärztin in das Zimmer seiner Mutter mit gemischten Gefühlen, die er auch in den Mienen von Colin und seiner Mom zu erkennen glaubte. Einerseits sehnte jeder von ihnen die Antwort herbei, was los war, andererseits fürchteten sie die Konsequenzen, die das nach sich ziehen würde.

„Wir kennen nun die Ursache für die Thrombozytopenie, also den Abfall der Blutplättchen in Ihrem Blut,

Mrs. Wilks." Frau Dr. Falkner sah auf das Krankenblatt, das sie in Händen hielt. „Es handelt sich um eine Promyelozytenleukämie, eine seltene Form der akuten myeloischen Leukämie."

Dilan schnappte nach Luft. Ihm war, als hätte man ihn unter eiskaltes Wasser getaucht. Trotz der komplizierten Fremdwörter, die die Ärztin gebrauchte, hatte sich eines wie ein spitzer Stachel in sein Bewusstsein gebohrt: Leukämie.

„Leukämie? Das bedeutet doch Blutkrebs?", fragte seine Mutter, als hätte sie seine Gedanken gelesen. Was unnötig war, denn sicherlich dachten sie alle in diesem Moment dasselbe.

„Laienhaft ausgedrückt, ja", entgegnete Dr. Falkner, die vom Krankenblatt aufsah. „Anstatt regulärer Blutzellen bildet Ihr Knochenmark in großem Maße diese Krebszellen, was dafür sorgt, dass unter anderem die Blutplättchen verringert sind."

„Aber Sie können doch etwas tun? Es gibt doch eine Therapie?", fragte Colin.

Dr. Falkner nickte. „Die Promyelozytenleukämie hat einen raschen Verlauf und muss zügig behandelt werden, weist aber gute Heilungschancen auf."

„Und die Kosten?", fragte Dilans Mom, und nachdem er kurz Mut geschöpft hatte durch die Aussage der Ärztin, sank ihm der Mut.

„Wir erstellen eine Aufstellung der zu erwartenden Behandlungskosten. Sie haben einen Antrag auf staatliche Hilfe gestellt?", fragte Dr. Falkner.

„Haben wir. Aber wir konnten natürlich noch nicht die genaue Diagnose angeben", entgegnete Dilan.

„Außerdem ist die Frage, wie lange das dauert? Wenn ich Sie richtig verstanden habe, sollte umgehend mit der Therapie begonnen werden", sagte Colin.

Dr. Falkner schob mit dem Zeigefinger ihre Brille hoch. „Das ist korrekt. Es gäbe noch die Möglichkeit einer Verlegung in das nächste staatliche Krankenhaus, in dem die Behandlungskosten übernommen werden."

„Und wo ist das?", fragte Dilan.

„In Austin."

„Wie lange würde das dauern?" Colin war anzuhören, dass er entnervt war, was auch auf Dilan zutraf.

Die kühle Art der Ärztin, die wirkte, als wäre ihr das Schicksal seiner Mom völlig egal, schockte ihn außerdem. Oder handelt es sich um professionelle Distanz, die notwendig und sogar gut ist?, fragte er sich.

„Das kann ich Ihnen nicht sagen, kann aber natürlich nachfragen."

„Es ist sicherlich gut, wenn Sie das tun", sagte Dilans Mutter. „Was können Sie zur Therapie sagen? Ist das eine Chemotherapie?"

„Nein. Zumindest nicht die Erstlinientherapie. Es existieren Medikamente, die spezifisch und effizient wirken."

„Na, das hört sich doch mal gut an." Dem Tonfall von Dilans Mutter war ein gewisser Sarkasmus anzuhören, und er war sicher, dass sie Colins und seine Einschätzung in Bezug auf Dr. Falkner teilte. „Dann danke ich Ihnen herzlich für Ihre Zeit und würde mich mit meinen Söhnen besprechen."

Stolz erfüllte Dilan, da es seiner Mutter gelungen war, die kühle Attitüde der Ärztin zu übernehmen, und sie auf diese Art hinauszuwerfen, ohne unhöflich zu sein.

„Ist es nicht möglich, eine andere Ärztin zu bekommen, die zumindest ein wenig Mitgefühl aufbringt?", fragte er, kaum dass Dr. Falkner die Zimmertür hinter sich geschlossen hatte.

„Ach, weißt du, mein Schatz, das Mitgefühl teilen wir füreinander. Womöglich ist es besser, eine fähige Ärztin zu haben, und womöglich ist sie das, gerade weil sie so unterkühlt ist", entgegnete seine Mom.

„Hast vielleicht recht." Dilan setzte sich auf die eine, Colin die auf die andere Seite des Bettes.

„Ich muss die ganze Zeit daran denken, dass sie von einem schnellen Therapiebeginn gesprochen hat. Egal ob der Antrag auf staatliche Hilfe oder die Verlegung nach Austin – das alles wird dauern." Colin runzelte die Stirn.

„Aber so eine Therapie ist bestimmt extrem teuer. Wie soll ich das bezahlen?", fragte Dilans Mutter.

Colin wandte sich zu Dilan um. „Hast du ihr schon davon erzählt?"

Dilan schüttelte den Kopf.

„Mom, wir haben eine Idee. Wir werden ein Fest für dich veranstalten, bei dem wir Geld für die Behandlung sammeln."

„Das organisiert ihr für mich?" Die Augen seiner Mom waren glasig geworden.

„Es ist und war gar nicht schwierig. Jeder, dem wir davon erzählen, will gerne mitmachen. Du bist echt beliebt." Dilan ergriff ihre Hand. „Die Leute in Coaksville mögen dich sehr."

„Und mit den neuen Informationen werden wir noch mehr Unterstützung bekommen. Da bin ich mir sicher", sagte Colin.

„Dann kannst du hierbleiben und die Therapie in dieser Klinik durchführen lassen." Dilan nickte, wie um sich selbst zuzustimmen.

„Ich freue mich über euer Engagement und eure Begeisterung. Aber noch wissen wir nicht, wie teuer es wird. So eine Krebstherapie, da kommen sicherlich schnell mehr als zehntausend Dollar zusammen." Dilans Mutter strich ihrem Sohn sanft über das Haar. „Wir sollten zweigleisig fahren. Also die staatliche Unterstützung beantragen beziehungsweise dort die Diagnose bekannt geben und außerdem Dr. Falkner in der Klinik in Austin anfragen lassen. Wenn bei der Veranstaltung ausreichend Geld zusammenkommt, um die Behandlung hier durchführen zu lassen ..." Sie hob die Hände in einer Geste, die ausdrückte, dass sie in diesem Falle sicherlich nichts dagegen hätte. „Wann soll das Event eigentlich stattfinden?"

„Übernächstes Wochenende", antwortete Colin.

„Wow! Da habt ihr euch was vorgenommen."

„Wie gesagt, wir bekommen von allen Seiten Unterstützung. Das klappt schon." Dilan kaute auf seiner Unterlippe. „Wäre natürlich schön, wenn du dabei sein könntest."

„Warten wir mal ab, wie sich alles entwickelt", sagte seine Mutter.

Dilan nickte stumm und schluckte herunter, dass dies die Frage war, die ihm Sorgen bereitete.

„Wir finden schon eine Lösung." Colin, der seine Bedenken anscheinend erkannt hatte, nickte ihm aufmunternd zu.

„Werden wir." Erleichtert stellte Dilan fest, dass er tatsächlich fühlte, was er sagte.

31

„Ich muss zu Hause reinen Tisch machen.“

Verwundert sah Dilan zu Colin rüber. Seit sie sich auf den Heimweg von Arlington nach Coaksville gemacht hatten, waren kaum Worte gefallen. Und dass sein Freund ausgerechnet auf diese Art das Schweigen brach, kam mehr als unerwartet. „Du meinst, was uns anbelangt? Du willst dich outen?“

„Genau.“ Colin schaltete einen Gang herauf. „Das erscheint dir wahrscheinlich seltsam und plötzlich. Aber ich denke natürlich schon lange darüber nach. Und die Sache mit deiner Mom ...“ Er schluckte. „Auch das Gespräch mit Tyler – ich will nicht so weitermachen. Mein Leben durch die Heimlichtuerei bestimmen lassen.“ Er sah zu Dilan rüber. „Du sagst nichts dazu?“

Dilan räusperte sich und zuckte dann die Achseln. „Ich weiß nicht, was ich sagen oder dir raten soll. Ich kann dich verstehen, finde deinen Entschluss an sich gut.“

„Aber?“

„Den optimalen Zeitpunkt gibt es wohl nicht.“

„Eben.“ Colin kratzte sich am Kinn. „Ich glaube, das ist einer der Gründe, der am häufigsten genannt wird, um etwas Unangenehmes aufzuschieben.“

„Was denn?“

„Na, der richtige Zeitpunkt. Oder vielmehr, dass der noch nicht gekommen ist." Colin seufzte. „Fakt ist, dass es meinem Dad nicht gefallen wird. Jetzt nicht und wahrscheinlich auch nicht in zehn Jahren. Meine Mom wird wie immer still sein und sich nicht in die Schusslinie begeben."

„Es aber akzeptieren?" Es war das erste Mal, dass Colin sich Dilan in dieser Beziehung öffnete. Zwar hatte er häufig betont, dass sein Vater ausflippen würde, wenn Colin sich outete, aber über seine Mutter hatte er wenig gesprochen und das Thema dann auch stets abgebrochen.

Auf der einen Seite freute sich Dilan, endlich mit Colin darüber sprechen zu können, und hoffte, ihm eine Unterstützung zu sein. Schließlich war ihre Beziehung in diesem Punkt bislang unausgewogen, und Dilan sehnte sich danach, mal derjenige zu sein, der Colin beistand.

Kannst du das?, fragte er sich, woran sich gleich die nächste Frage anschloss, nämlich, ob er in der Lage war, seinem Freund zum richtigen Vorgehen zu raten.

„Ich bin für dich da", sagte Dilan und legte die Hand auf Colins Oberschenkel.

„Danke." Colin warf ihm einen dankbaren Blick zu. „Das bedeutet mir viel. Überhaupt, wie Judie und du ..." Er schluckte geräuschvoll. „Ihr habt mich mit offenen Armen aufgenommen. In eure Familie. Es fühlt sich nicht richtig an, dass meine Eltern nicht Bescheid wissen. Verstehst du, was ich meine?"

„Tue ich." Es stimmte. Dilan wusste nicht nur, was Colin meinte, ihm war dadurch auch klar, dass die Entscheidung richtig war. „Dann solltest du es ihnen sagen, und egal, was passiert. Ich bin da."

Colin fasste nach Dilans Hand, die auf seinem Bein lag. „Du bist großartig. Weißt du das?"

„Ich hatte einen guten Trainer."

Grinsend warf Colin ihm einen Seitenblick zu. „Dann kommst du mit?"

„Klar." Obwohl die Aufregung Dilan kribbelnd in den Bauch fuhr, zumal er Colins Eltern nur flüchtig kannte und sich die Reaktion von dessen Vater nicht wirklich vorstellen konnte – dies war der Augenblick, um an der Seite seines Freundes zu stehen.

Anstatt in die Straße zum Trailer-Park abzubiegen, fuhr Colin weiter. Dilan erkannte, dass er nicht mehr abwarten wollte. Er würde den Plan sofort umsetzen, und wahrscheinlich war es das Beste. Jedes Abwarten nährte die Bedenken und warf die Frage nach dem richtigen Zeitpunkt erneut auf.

„Bereit?", fragte Colin, als er den Motor abgestellt hatte.

„Eigentlich sollte ich dich das fragen", entgegnete Dilan und mochte sich kaum vorstellen, wie sein Freund sich fühlte, angesichts der Tatsache, dass bereits ihm als moralische Unterstützung ein glühender Kloß in der Kehle steckte.

„Nein, aber es macht keinen Unterschied. Jeder Augenblick ist so gut wie der andere, und wahrscheinlich ist es ohnehin am besten, es einfach zu tun."

„Denke ich auch. So habe ich es bei meiner Mom und bei Sidney und Devon ebenfalls gemacht." Dilan schlug den Blick nieder. „Sorry. Das lässt sich wohl kaum vergleichen.“

„Darum geht es auch nicht. Vergleichbar ist das wohl nie. Aber ich verstehe, was du mir sagen willst, und es hilft mir.“

„Ja?“ Dilan sah ihn an.

„Sehr sogar. Und auch, dass du hier bist und bei mir bleibst.“

„Worauf du wetten kannst.“ Dilan beugte sich zu ihm herüber, und sie küssten einander.

„Dann jetzt los. Bevor ich es mir anders überlege“, sagte Colin anschließend und stieß die Fahrertür auf.

Colin hatte den Wagen auf der gegenüberliegenden Straßenseite geparkt, und als sie auf die Tankstelle zugingen, sah Dilan eine junge Frau, die im dazugehörigen Laden hinter der Theke stand.

„Arbeitet dein Dad heute?“

„Nein. Das ist Gladys. Mein Dad wird bei meiner Mom sein. Deshalb ist das auch ein guter Moment.“ Colin verzog die Lippen zu einem humorlosen Grinsen. „Oder zumindest eine Möglichkeit, gleich bei beiden mit der Tür ins Haus zu fallen. Keine Ahnung, ob das die beste Vorgehensweise ist, aber vielleicht traue ich mich nur einmal und habe es dann hinter mir.“

Anstatt durch den Laden zu gehen und den Durchgang zu nutzen, passierten sie den Komplex zu ihrer Linken und gelangten so zur Front des Hauses.

Auch wenn dies eine klare Verbesserung war zu Dilans Wohnsituation in einem Trailer, waren die Unterschiede zum Haus von Tylers Eltern klar erkennbar.

Im Grunde war der kastenförmig imponierende, einstöckige Bau kaum mehr als ein Wohnwagen in Dilans Wohngegend, aber zumindest aus Stein erbaut.

Durch eins der kleinen Fenster links der Haustür fiel das flackernde Licht eines laufenden Fernsehers, das in der einsetzenden Dämmerung gut zu erkennen war.

„Die Rangers spielen heute", sagte Colin. „Niemals würde mein Dad ein Baseball-Spiel verpassen." Er zog einen Schlüssel aus der Tasche und schloss damit die Haustür auf. „Ich habe keine Ahnung, wie er reagiert." Die Türklinke in der Hand sah er Dilan an. „Er könnte total ausflippen. Wenn es zu arg wird, verschwinden wir."

Dilan stellten sich die Nackenhärchen auf. Was sollte das heißen? Neigte Colins Vater zu Gewalt? Was sollte „total ausflippen" bedeuten?

Doch Colin war bereits in den Hausflur getreten und hatte die nächste Tür, die ins Wohnzimmer führte, aufgestoßen, sodass ihnen die Anfeuerrufe des Publikums und die Stimme des Kommentators lautstark entgegenschlugen. Dilan blieb nichts anderes übrig, als die Haustür hinter sich zuzuziehen und seinem Freund nachzugehen.

„Hey, Mom, hey, Dad!"

Dilan beobachtete, wie Colin auf seine Mom zuging, eine zierliche Frau mit grauem, zu einem Pferdeschwanz gebundenem Haar, die in einem Sessel mit abgewetztem Polster saß, und ihr einen Kuss auf die Wange gab. Auf dem Zweisitzersofa links davon saß sein Vater in der Mitte, die bestrumpften Füße auf dem Couchtisch davor abgelegt, in der rechten Hand eine Bierdose.

Ihm nickte Colin zu, und sein Dad erwiderte das und sah im nächsten Augenblick zu Dilan. Sein Blick drang sengend in Dilans Augen, sodass er sie niederschlug und die Idee verwarf, auf den Mann zuzugehen, um ihm die Hand zu reichen.

Es war seltsam, aber Dilan glaubte, einen Zeitsprung vollführt zu haben. Als wären sie mit Betreten des Raumes einige Minuten in die Zukunft gereist, zu dem Zeitpunkt, nachdem Colin sich bei seinen Eltern geoutet hatte. Die Anspannung, die in der Luft lag, glich leicht entzündbarem Gas, und jede Regung, jedes Wort konnte den Funken verursachen, der es zur Explosion bringen würde.

Oder ist das hier immer so? Augenblicklich ließ die Frage Colins Aussagen zu Dilans Mom und ihrem Verhältnis zueinander in einem völlig anderen Licht erscheinen. Und der Wert dessen brannte sich in Dilans Erkenntnis als unauslöschliches Mal, das er nie mehr vergessen würde.

Du solltest nicht nur froh sein, sondern jeden Tag zutiefst dankbar, dass du deine Mom hast, dachte er. Denn hier wurde er nicht Zeuge einer Situation, sondern eines Ergebnisses. Ein Theaterstück, das über die Jahre durch Leugnen, Misstrauen und unerfüllte Erwartungen vergiftet wurde und von seinen Protagonisten die Aufrechterhaltung ihrer Rolle erwartete, auch wenn sie längst nicht mehr passte.

Obwohl sein erster Impuls gewesen war, Colin aufzuhalten, ihn zurück zum Auto zu zerren und zu sagen, dass er hier niemals offenbaren durfte, wer er war, reifte in ihm die Einsicht, dass dies Colins Chance war. Ihm bot sich die Chance, die Maske abzustreifen, die er viele Jahre getragen hatte, unter der das Luftholen immer schwieriger wurde und die längst an zu vielen Stellen drückte.

„Dad, du hast Dilan ja neulich in der Tankstelle getroffen, und du, Mom? Seine Mom, Judie Wilks, kennst du ja definitiv." Mit zittriger Zungenspitze befeuchtete Colin seine Lippen, während sein Dad ihn weiter anstarrte. Seine Mutter hingegen fixierte die im Schoß verschränkten Hände, als betete sie. Und Dilan hätte sich nicht gewundert, falls sie genau das tat.

„Dilan ist mein Freund." Colins Hand umfasste den Ellenbogen des anderen Armes, als müsste er sich irgendwo festhalten. „Und zwar mein fester Freund."

Groteskerweise erzielten die Rangers in genau diesem Augenblick einen Homerun, und der frenetische Beifall des Publikums wirkte, als bezöge er sich auf Colins Offenbarung.

Doch während in der Fernsehwelt Begeisterung herrschte, wenn auch aus anderem Grunde, verdichtete sich das „Anspannungsgasgemisch" im Wohnzimmer der Familie Harker zu einer zähen Masse, die das Atmen erschwerte.

Darüber musst du dir gleich keine Gedanken mehr machen, sagte sich Dilan, denn der Blick, den Colins Vater seinem Sohn zuwarf, barg das Feuer, das die Explosion auslösen würde, ohne dafür überhaupt Gas zu benötigen.

Als er vom Sofa aufsprang, die Zähne entblößte und mit vorgereckter Brust auf Colin zuging, schien die Luft um ihn herum zu flirren.

Er selbst ist die Bombe!, schoss es Dilan in den Kopf, während es ihm heiß-kalt den Rücken herunterlief.

Vor seinem geistigen Auge sah er eine verrückte Szene, in der er sich schützend zwischen Colin und seinen Vater warf, als müsste er eine Kugel abwehren, doch stattdessen war er zu keiner Regung fähig. Beobachtete, wie Mr. Harker, sein Gesicht bis auf wenige Zentimeter an Colins brachte und ihn anfunkelte.

„Raus hier!" Er sprach leise, was dem Gesagten nicht die Eindringlichkeit nahm. Es wirkte wie das Fauchen eines Raubtieres. Sein Kopf drehte sich zur Seite, und mit seinem hasserfüllten Blick nahm Mr. Harker ein weiteres Mal Dilan ins Visier. „Macht, dass ihr rauskommt, ihr ..." Das Wort musste nicht ausgesprochen werden. Auch so war klar, als was er seinen Sohn und Dilan bezeichnete, wie er sie sah.

Dilan sah zu Colins Mutter und hoffte für einen Augenblick, dass sie eingreifen würde. Doch deren Hände hatten sich nur fester ineinander gekrallt, und ihr gebeugter Leib wiegte sich vor und zurück, als hätte sie ihr Gebet verstärkt, was sie der Realität entrückte.

Von dieser Seite brauchen wir keine Hilfe zu erwarten, dachte Dilan.

„Ich habe es dir gesagt. Wenn du dich nicht auf die Reihe bekommst, war es das", sagte Mr. Harker, der wieder seinen Sohn ansah. „Und jetzt haut ab!"

Hatte Dilan bereits geglaubt, die Situation sei furchtbar, verschlimmerte sie sich, als er Colins Reaktion beobachtete. Weil er in dessen Gesicht nicht nur Enttäuschung erblickte, sondern Resignation. Er unternahm keinen Versuch, seinen Vater zum Einlenken zu bringen, sondern wandte sich zum Gehen.

Und so bitter dies war, wurde es sogar noch vom Verhalten von Colins Mutter übertroffen. In ihrer seltsamen Bethaltung verharrend, starrte sie weiter auf die Hände und entzog sich dadurch nicht nur jeder Beteiligung am Konflikt, sie schien ihn zu verleugnen. Verblieb in einer jenseitigen Welt, in die die Realität keinen Einzug fand.

Während Dilan Colin nach draußen folgte, begriff er, dass dies schlimmer war als die Feindseligkeit des Vaters. Die Passivität und Teilnahmslosigkeit der Mutter waren für Dilan um ein Vielfaches unerträglicher. Er war sicher, dass es Colin ebenso erging.

32

„Selbstverständlich kann er bei uns bleiben. So lange, wie er will." Er konnte hören, dass seine Mom schluckte, und Dilan war sicher, dass sie mit den Tränen kämpfte. „Ich kann es nicht fassen. Wie kann ein Vater sich so verhalten?"

„Ich bin echt froh, dass ich dich habe", sagte Dilan, obwohl es keine Antwort auf die Frage war.

„Ich auch, mein Schatz." Sie räusperte sich. „Und Colin hat uns. Sag ihm bitte, dass auch ich für ihn da bin. Jederzeit."

„Sage ich ihm gerne." Dilan sah zu Colin, der am Küchentisch neben ihm saß. „Dann schlaf gut, Mom. Wir telefonieren morgen wieder." Er legte auf und küsste Colin. „Von meiner Mom. Du sollst wissen, dass du so lange bleiben kannst, wie du möchtest, und sie, ebenso wie ich, jederzeit für dich da ist."

„Das ist total lieb von euch." Colin lächelte, ohne dass sich die Trauer aus seinen Augen stahl. „Mir war klar, dass er so reagieren würde. Aber es gab trotzdem diese winzige Möglichkeit. Einen kleinen Hoffnungsschimmer, dass es doch anders laufen würde." Er schüttelte den Kopf. „Wie einfach man sich etwas vormachen kann, oder?"

Dilan legte ihm den Arm um die Schultern und zog ihn zu sich. „Ich finde das schön. Es zeigt, was für ein Mensch du bist.“

„Ach ja?“

„Ja. Einer, der an das Gute glaubt. Der Hoffnung hat.“ Er gab Colin einen weiteren Kuss. „Viel besser, als verbittert zu sein.“

„Andererseits kann man dann auch nicht so schnell enttäuscht werden.“

„Irgendwann wird er verstehen, dass du bist, wie du bist. Und dazu unglaublich mutig.“

Colin presste die Lippen zusammen. „Er hat es gewusst. Als das mit Tyler lief und irgendwie auch schon davor. Spätestens bei der Sache mit dem Reitunfall.“

„Wie kommst du darauf? Hat er das gesagt?“

„Nein. Zumindest nicht direkt. Aber es gibt diese Augenblicke, weißt du? Wenn man es im Blick des anderen sieht. Situationen, in denen man lügt und damit durchkommt, aber spürt, dass man eigentlich aufgeflogen ist. So war das auch an dem Morgen, nachdem ich aus dem Schwimmbad geflohen war, und einige Male zuvor. Auch als ich ihm von dir erzählt habe.“

„Du meinst von Dolly“, sagte Dilan grinsend und knuffte ihm sanft in die Seite.

„Stimmt.“ Colins Lächeln war schwach, wirkte aber nicht gezwungen. „Was würde ich nur ohne meine Dolly machen?“

„Keine Ahnung. Vielleicht einen Dilan daten?“

„Wer soll das denn bitte sein? Hoffentlich nicht so ein gottloser Schwuler!“, rief Colin gespielt empört aus, was beide zum Lachen brachte.

Natürlich tat Colin Dilan weiterhin leid, und seine Situation war sicherlich nicht komisch, doch es tat gut, die Anspannung auf diese Art ein wenig auflockern zu können. „Wir bekommen auch das hin." Dilan zog Colin erneut an sich. „Ich bleibe an deiner Seite und auch meine Mom. Du musst da nicht alleine durch."

„Danke, mein Hübscher."

„Was hältst du davon, ins Bett zu gehen, und Dolly verpasst dir eine Fußmassage?"

„Kann sie das denn?"

„Das kannst du ja herausfinden. Und ebenso ihr kleines Geheimnis."

Colin hob die Brauen. „Und das wäre?"

„Darin besteht ja das Geheimnis. Aber ich kann so viel verraten, dass gemunkelt wird, sie sei nicht für weibliche Attribute bekannt."

„Und was soll mich das interessieren?" Spöttisch hob Colin die Oberlippe.

„Na, man erzählt sich auch, dass du stockschwul bist, mein Lieber."

„Das hast du nicht gesagt!", rief Colin und sprang auf.

„Ich sage es sogar noch mal. Stockschwul ist er!"

„Na warte. Das sagst du nicht noch einmal."

„Versuch doch, es mir auszutreiben!" Dilan sprang ebenfalls auf und lief los.

Colin folgte ihm, und in Dilans Zimmer ließen sie sich gackernd aufs Bett fallen.

So aufwühlend dieser Tag gewesen war, miteinander gelang es ihnen, sogar dies, zumindest für eine Zeit lang, zu vergessen. Was an dem stürmischen Verlangen lag, das sie füreinander empfanden und das, einmal freigelassen, sie mit Haut und Haar verzehrte.

Ein Durst, der kaum zu stillen war, und ein Hunger, der nur befriedigt werden konnte, wenn Dilan Colins Haut auf seiner spürte. Mit seinen Händen die feste Muskulatur der Schultern erfasste, während er sich mit der Zunge vom Hals hinab zu den Brustwarzen vorarbeitete. Sich mit den Fingern in Colins Haar grub und er mit ihm verschmelzen wollte und sich schließlich auch dieses Empfinden einstellte.

Doch als sie einander gegenüberlagen, heftig atmend von der Anstrengung der gerade vorübergezogenen Leidenschaft, die nur eine Schleife drehte, um in Kürze erneut heiß in ihre Körper zu fahren, sah Dilan im Blick seines Freundes, dass die Gedanken bei dessen Eltern waren.

Dilan legte die Arme um ihn und zog ihn zu sich. Hoffte, dass Wärme und Geborgenheit auf Colin übergingen und ihn auffingen, mehr als Worte dies hätten erreichen können. Das Schluchzen war leise und sorgte dafür, dass Colins Körper sanft bebte. Mit den Fingerspitzen strich Dilan ihm sanft über den Kopf. Vermied es weiterhin, zu sprechen, fürchtete er doch, diesen Augenblick zu stören.

Denn obwohl es auf den ersten Eindruck hoffnungslos erscheinen mochte, war es keine Trauer, die ins Leere lief und einen gleichsam wund zurückließ wie am Anfang. Dies spürte Dilan instinktiv. Wusste, dass die vergossenen Tränen Colin Erleichterung brachten, und er ihm die Stütze war, an der sich sein Freund wieder würde aufrichten können.

Selbstverständlich hätte er sich für Colin einen anderen Ausgang gewünscht und hätte ihm zu gern den daraus resultierenden Schmerz erspart, aber dieses Erlebnis schweißte sie noch mehr zusammen und gewährte Dilan die Möglichkeit, für Colin da zu sein. Und das tat gut.

Als Colin nicht mehr weinte, löste er das Gesicht von Dilans Hals, und sie lagen einander gegenüber. Die Köpfe auf den Armen abgestützt, betrachteten sie einander.

„Mein Dad gehörte nie zu meinem Leben“, sagte Dilan. „Mom sagt, er sei abgehauen, als ich noch ein Baby war. Als ich noch jünger war, habe ich mir gewünscht, dass er eines Tages wieder auftaucht. Zu einem Geburtstag mit einem Geschenk in der Hand. Als wäre nichts gewesen, und zu der Zeit hätte ich das auch akzeptiert. Wäre einfach froh gewesen, ihn zurückzuhaben. Ich kann noch nicht mal sagen, ob ich gefragt hätte, wo er gewesen ist.“ Dilan verzog den Mund zu einem humorlosen Grinsen und schüttelte den Kopf. „Obwohl das nicht stimmt. Ich weiß es. Dass ich nicht gefragt hätte. Weil die Freude darüber, dass er zurück ist, schwerer gewogen hätte. Je älter ich wurde, umso mehr veränderte sich meine Einstellung dazu. Die Frage nach dem Warum wurde immer drängender und stand schließlich im Mittelpunkt.“

Mit den Fingerspitzen fuhr Colin ihm über die Schläfe. Und Dilan wertete es nicht nur als Demonstration seiner Liebe, sondern auch, dass er ihn verstand und weiter zuhören wollte, doch Dilan zu nichts drängte.

„Ich weiß nicht, wie alt ich genau war, als ich begann, ihn zu hassen. Aber ich kann mich erinnern, wie mir ungefähr mit vierzehn zum ersten Mal bewusst wurde, was meine Mom leistete. Leisten musste. Und das für mich. Nicht nur finanziell mit zwei Jobs, sondern auch emotional. Sie war immer da. Und ich bin dankbar dafür, aber ich sah auch, wie es bei den anderen war, die zwei Elternteile hatten. Bei denen auch mal die Dads Aufgaben übernahmen. Das war die Zeit, in der aus meinem persönlichen Hass auf meinen Erzeuger mehr wurde. Das Selbstmitleid stand nicht mehr im Vordergrund, sondern das, was er meiner Mutter angetan hatte und antat." Dilan atmete tief durch. „Plötzlich sah ich sie mit anderen Augen, was ihre Stärke anbelangt, aber auch ihre Verletzlichkeit. Verstehst du, was ich meine?"

„Sie musste nicht nur mit ihrem Schmerz leben, sondern hat versucht, dir deinen zu nehmen", entgegnete Colin.

„Genau." Dilan lächelte verlegen. „Ich weiß überhaupt nicht, warum ich dir all das erzählt habe. Auf jeden Fall nicht, um deine Probleme gegen meine aufzuwiegen."

„So habe ich das auch nicht empfunden." Colin küsste ihn. „Ich danke dir, dass du mir das anvertraut hast, und letztlich können wir allem wohl die Überschrift geben, dass es mit Eltern niemals ideal ist. Zumindest nicht mit beiden Elternteilen. Du hast das große Glück, mit deiner Mom jemanden zu haben, die den Ausfall deines Dads mehr als kompensiert hat." Sein Blick ging in die Ferne. „Etwas, das ich von meiner Mutter nicht erwarten kann." Als er Dilan wieder ansah, füllten Tränen seine Augen. „Das soll nicht falsch rüberkommen, aber das Verhältnis zu deinem Dad oder eben das nicht vorhandene, hat gewisse Parallelen zu dem mit meiner

Mutter. Auch wenn sie körperlich nicht abgehauen ist, im Grunde ist sie seit Jahren abwesend.“

Das traf Dilan wie ein Schlag, deckte es sich doch mit seiner Beobachtung, wie sich Colins Mutter verhalten hatte, als der sich geoutet hatte.

„Sorry! Ich wollte das mit deinem Dad nicht kleinreden. Immerhin habe ich meine Mom und meinen Dad“, sagte Colin.

„Nein! Ich verstehe dich, und um ehrlich zu sein, hatte ich auch genau das Gefühl, als ich deine Mutter beobachtet habe, während du mit deinem Dad gesprochen hast. Sie hat nichts gesagt, ich hatte noch nicht mal das Gefühl, dass sie wirklich anwesend war. Als wäre sie in ihrer Welt und würde das, was sich ereignete, durch ein Fenster beobachten.“ Dilan räusperte sich. „Ohne Anstalten zu machen, es zu öffnen.“

„Ja, das trifft es.“

„Das ist mehr als ein Schlag in die Magengrube. Absolut verständlich. Aber es heißt nicht, dass du sie nicht erreichen kannst oder erreicht hast. Vielleicht redet sie ja mit deinem Dad.“

Colin winkte ab. „Die Hoffnung brauchst du nicht zu haben. Wie gesagt, der Zustand besteht schon länger. Um ehrlich zu sein, ich glaube, dass die beiden nur noch aus Gewohnheit zusammen sind, oder damit nicht schlecht über sie geredet wird.“

„Das wäre ganz schön traurig.“

„Da sollten wir uns wohl erst mal an die eigene Nase packen. Da hat Tyler schon recht.“ Colin verzog den Mund zu einem Grinsen, aus dem Bitterkeit sprach. „Aber genug davon. Daran ändern lässt sich momentan sowieso nichts. Dann lass uns lieber weiter um die Charitysache für Judie kümmern."

Nachdem sie aufgestanden waren und geduscht hatten, telefonierten sie mit vielen Menschen aus der Stadt, die Dilans Mom kannten und schätzten. So erhielten sie fast von jedem eine Zusage zur Unterstützung, sodass die Veranstaltung nicht nur zügig Formen annahm, sondern Dilans Herz prall gefüllt war von Liebe und Stolz für seine Mutter. Eine Frau, die nicht nur sein Leben maßgeblich geprägt und beeinflusst hatte, sondern außerdem vielen weiteren Menschen wichtig war.

„Ich hab genug für heute", sagte Colin, als sie das Gespräch mit Gwendolyn Dwight, die alle nur Gweny nannten, beendet hatten. Sie war so etwas wie die Vorsitzende der reiferen Damen Coaksvilles und sofort bereit gewesen, ihre Ladys für Kuchenbacken und sonstige Verköstigungen zu mobilisieren. Schließlich fuhr Dilans Mom sie zwei Mal im Jahr mit dem Bus der hiesigen Kirchengemeinde auf eine Ausflugstour.

„Ich auch. Lass uns ins Bett gehen", sagte Dilan, blieb jedoch sitzen.

„Alles okay?"

„Ja. Sogar sehr. Ich wusste, dass Mom sich an vielen Stellen engagiert, manchmal hatten wir deshalb sogar Diskussionen, weil ich fand, dass sie viel zu viel macht." Er fuhr sich durch das Haar. „Aber das jetzt zu sehen und zu hören. All die Hilfe, die wir bekommen, die Liebe, die uns entgegenschlägt."

„Das ist wohl Karma." Colin, der bereits aufgestanden war, ging neben Dilan in die Hocke und küsste ihn.

Dilan erhob sich, und sie gingen in sein Zimmer.

Karma, dachte er, als sie sich auf sein Bett fallen ließen, und dieses Mal gesellte sich keine negative Vorahnung hinzu.

33

„Sie denken daran, sich nicht zu sehr anzustrengen? Vor allem seien Sie vorsichtig, dass Sie sich nicht verletzen. Wir haben Ihnen zwar weitere Thrombozytenkonzentrate verabreicht, aber Sie müssen dennoch vorsichtig sein." Dr. Falkners Blick sprach offen aus, was sie noch anfügen wollte: Sie war nicht damit einverstanden, Dilans Mom zu entlassen.

Obwohl es nur wenige Stunden waren – schließlich wollte sie sich auf ihrer eigenen Charity-Veranstaltung blicken lassen – und sie selbst sagte, dass sie sich fit fühlte. Die Ärztin hatte sich nur unter Druck der Schwesternschaft, allen voran Ginger, zu der Dilans Mutter ein gutes Verhältnis hatte, überzeugen lassen.

„Ihr ruft sofort den Notarzt, wenn etwas passiert", sagte Dr. Falkner in Richtung Colin und Dilan. „Außerdem habt ihr auch meine Handynummer."

„Machen Sie sich keine Sorgen, Doc. Meine Söhne passen auf mich auf und hinzu noch das halbe Dorf, in dem wir leben. Da kann nichts schiefgehen."

Dr. Falkner betrachtete sie prüfend und schien abzuwägen, darauf etwas zu erwidern, doch dann verabschiedete sie sich nur und verließ das Zimmer.

„Ich denke nicht, dass sie wirklich einverstanden ist", sagte Dilan.

Seine Mutter zuckte die Achseln. „Aber sie lässt es zu, und ich will unbedingt hin. Außerdem geht es ja nicht irgendwohin in den Urwald.“

„Wer weiß!“ Dilan grinste. „Hast du alles?“

„Bin bereit“, entgegnete seine Mom, und gemeinschaftlich verließen sie das Zimmer.

Auf der Fahrt nach Coaksville sprachen sie wenig, als ob die aufgeregte Anspannung, die die Luft zwischen ihnen erfüllte, jedes Wort aufsog oder dafür sorgte, dass jeder den eigenen Gedanken nachhängen, sie jedoch nicht aussprechen wollte.

Als sie die Einfahrt zum Trailer-Park erreichten, gebot Judie vom Beifahrersitz aus Colin, der fuhr, anzuhalten.

„Was ist los, Mom?“, fragte Dilan verdutzt vom Rücksitz.

„Alles gut, mein Schatz. Ich muss nur etwas erledigen.“

„Was musst du?“ Dilan runzelte die Stirn.

„Es sind doch noch zwei Stunden, bevor es losgeht, und sicherlich habt ihr beiden noch einiges zu tun?“

„Schon, aber ...“

„Dann kein Aber. Lass deine Mom mal etwas erledigen.“ Sie lachte auf. „Jetzt schau nicht so. Ich bin schon groß und kann auf mich aufpassen. Und was ich vorhabe, birgt kein Verletzungsrisiko. Und ich muss mich dafür auch nicht nach Mexiko absetzen. Außerdem sind die Wege in Coaksville nicht weit.“ Sie lachte kurz auf.

Einen Augenblick sah Dilan seiner Mom in die Augen, bevor er widerwillig nickte. „Aber du rufst an, wenn du Hilfe brauchst?“

„Ja, mein Sohn." Sie beugte sich nach hinten und gab ihm einen Kuss, wandte sich dann zur Seite, um Colin ebenfalls zu küssen. „Macht euch keine Sorgen, und ich bin rechtzeitig zurück."

„Im Bradley Park. Auf der Wiese."

„Ist mir bekannt, mein Schatz." Sie öffnete die Tür und stieg aus. „Macht euch keine Sorgen. Ich komme klar."

Die Tür fiel krachend ins Schloss, und Dilan und Colin sahen ihr nach.

„Was sie wohl vorhat?", fragte Colin.

„Keine Ahnung. Aber sie ist eine erwachsene Frau."

Colin lachte. „Irgendwie scheinen die Rollen vertauscht, als wären wir die Eltern und sie das Kind."

„Stimmt." Dilan rang sich ein Lächeln ab, ohne die Belustigung zu spüren. Die Sorge um seine Mom war zu groß.

„Komm. Setz dich nach vorne und hör auf, dir einen Kopf zu machen. Sie kommt zurecht und ist hier ja nun wirklich unter Dauerbeobachtung. Außerdem weiß jeder, dass sie krank ist, und wird deshalb umso vorsichtiger sein."

Obwohl das Dilans Bedenken nicht vollkommen zum Schweigen brachte, wusste er, dass ihm nichts anderes übrig blieb, und so fuhren sie gleich weiter zum Bradley Park. Den Abstecher zu Hause hatten sie eigentlich für seine Mom zum Ausruhen machen wollen, und Dilan musste zugeben, dass dies von vornherein eine verrückte Vorstellung gewesen war. Seine Mutter stoppte so schnell nichts, und Ausruhen war etwas, das in ihrem Leben kaum vorkam.

„Wo ist denn der Ehrengast?", fragte Gweny Dwight sie, umringt von ihren Ladys.

„Sie macht sich nur noch frisch, ist aber rechtzeitig da", entgegnete Colin, der instinktiv gespürt hatte, dass Dilan eine derartige Äußerung nicht so leicht über die Lippen gekommen wäre. „Wird schon", flüsterte er an Dilan gewandt und klopfte dem auf die Schulter.

„Hey, mein Alter!" Noch bevor Dilan realisiert hatte, dass Devon auf ihn zugestürmt war, fiel der ihm um den Hals. Zuvor hatten sie sich meist nur per Handschlag begrüßt, doch seit seinem Coming-out schienen sie einander näher zu sein, was Sidney, der ihn auf gleiche Art begrüßte, zu bestätigen schien.

Es war natürlich nicht das erste Mal, dass sie auf Colin trafen, wohl aber mit dem jetzigen Wissen, und einen Augenblick herrschte die Art zögerlichen Taxierens, wenn keine der Parteien weiß, wie zu reagieren ist.

„Ach, komm. Ich umarm dich auch!", rief Sidney schließlich aus und fiel Colin um den Hals, was bei Devon den Dammbruch verursachte, es ihm gleichzutun.

„Jungs!", ertönte es von der Seite, und Dilan erkannte Mr. Barns. „Wo ist denn unsere Judie?", fragte er, kaum hatte er sie erreicht.

„Sie macht sich noch frisch. Ist aber rechtzeitig da." Aus dem Augenwinkel bemerkte Dilan Colins anerkennenden Blick angesichts seiner in Inhalt und Intonation nahezu identisch vorgebrachten Lüge.

„Ich habe ganz großartige Neuigkeiten. Euch kann ich sie ja schon mal erzählen. Judie erfährt es dann erst bei der Veranstaltung. Aber nichts verraten, dann ist die Überraschung größer."

Dilan mochte Mr. Barns mit dem Schnurrbart, den braunen Augen, der Halbglatze und dem leichten Bauchansatz, den er noch nie schlecht gelaunt erlebt hatte, und der, laut seiner Mutter, auch als Chef nicht anders und damit absolut liebenswert war.

Was Mr. Barns zu berichten wusste, war tatsächlich eine kleine Sensation und hätte wohl auch den übellaunigsten Zeitgenossen auftauen lassen.

„Das ist großartig!", rief Dilan aus, sobald Mr. Barns zum Ende gekommen war.

„Und wie!" Mr. Barns grinste breit. „Aber wie gesagt. Kein Wort zu deiner Mom. Wir wollen schließlich ihr Gesicht sehen, wenn sie davon erfährt."

„Aber unbedingt!", sagte Colin.

Und da sich anschließend immer mehr Personen nach seiner Mom erkundigten, Hilfe benötigten oder sonstige Nachfragen hatten, verging die Zeit wie im Flug, bis circa fünfzehn Minuten vor Beginn seine Mom auftauchte.

„Du kommst gerade noch rechtzeitig", sagte Dilan.

„Ich konnte noch gar nicht allen ‚Hallo' sagen", erwiderte seine Mom.

„Dafür ist später noch ausreichend Zeit. Komm, ich zeige dir, wo du sitzt." Er streckte ihr die Hand hin und führte sie den Gang entlang, der von Stuhlreihen flankiert wurde, die einer, ebenfalls auf der grünen Parkwiese aufgestellten Bühne zugewandt waren und die bereits bis zum Letzten besetzt waren.

„Die sind doch nicht alle wegen mir hier?", flüsterte seine Mom.

„Da es dein Event ist ..." Anstatt den Satz zu beenden, zwinkerte er ihr zu.

In der ersten Reihe erwartete Colin sie, neben dem zwei Stühle frei waren.

„Setz dich", sagte Dilan und deutete auf den Platz in der Mitte zwischen ihm und Colin.

Mr. Barns trat auf die Bühne und an das Mikrofon. „Ich möchte betonen, dass Dilan wollte, dass ich die Eingangsworte spreche. Weder gebührt mir die Ehre, dies hier organisiert zu haben, noch bin ich der Ehrengast. Und auch längst nicht so hübsch, das ist mir schon klar."

Das Publikum lachte.

„Liebe Judie, als dein Sohn uns von deiner Erkrankung erzählt hat, hat keiner gezögert, etwas beizutragen. Ich denke, dass ich für jeden der Anwesenden spreche, wenn ich sage, dass du die Seele unserer Stadt bist. Diejenige, die immer ein freundliches Wort übrig hat und die immer da ist, um zu helfen. Und das, obwohl du es selbst nicht leicht hast und niemals hattest."

Zustimmendes Raunen aus dem Publikum, das schließlich in Applaus überging.

„Wir wollen das hier auch überhaupt nicht in die Länge ziehen. Es soll nur eine kleine Einladung sein zu einem Fest, das wir für dich geben wollen, um dir unsere Dankbarkeit zu zeigen und uns alle daran zu erinnern, besondere Menschen und Augenblicke genauso wie das Leben nicht als Selbstverständlichkeit hinzunehmen."

Wieder klatschten die Zuhörer.

„Bevor ich das Wort an deinen Sohn gebe, habe ich noch etwas zu verkünden. Wie ihr ja alle wisst, sind wir heute auch hier, um für Judie und ihre Behandlung

Geld zu sammeln. Jeder Cent zählt, damit sie geheilt werden und noch viele Jahre mit uns hier leben kann."

Dieses Mal fiel der Applaus noch begeisterter aus und dauerte länger.

„Einen entscheidenden Schritt haben wir dabei bereits getan." Mr. Barns grinste breit. „Ich weiß, dass du dich nicht bei Walmart hast krankenversichern lassen, aber ich habe mit den Verantwortlichen dort gesprochen und deinen Fall geschildert. Und man ist bereit, deine Behandlungskosten zu fünfundsiebzig Prozent zu übernehmen."

Nun kannte die Begeisterung keine Schranken mehr. Die Leute sprangen von ihren Stühlen, johlten und klatschten. Erst fielen Dilan und Colin, dann alle, die ihr am nächsten waren, Judie um den Hals.

Es dauerte, bis sich die Begeisterung gelegt hatte, und Mr. Barns Dilan auf die Bühne bat.

„Ich bin nicht gut in so was." Dilan atmete durch. Er sah zu seiner Mutter, und der Puls beruhigte sich ein wenig. „Mom, du warst nicht nur immer für mich da, ich habe auch unglaublich viel von dir gelernt. Und gleichzeitig lerne ich dich besser und immer wieder neu kennen. Bis vor einigen Jahren warst du vor allem meine Mom, aber in den letzten Wochen und heute sehe ich die Frau, die du bist. Jemand, für den jeder etwas übrig hat und alles stehen und liegen lässt, um zu helfen. Ich habe dich selten klagen gehört, obwohl du Grund dazu hättest. Als wäre es selbstverständlich, hast du mich und mein Glück stets an erste Stelle gesetzt." Er schluckte. „Aber das ist nicht selbstverständlich. Es ist keine Verpflichtung aus Blutsverwandtschaft, sondern ein Privileg, jemanden zu haben, der dein Wohlergehen im Blick hat. Meine Mutter bist du nicht, oder zumindest nicht alleinig, weil du mich geboren hast, sondern weil du nicht aufhörst, mich anzunehmen. Jeden Tag aufs Neue und mit jeder Faser von dir. Du verstehst mich, weil du mir zuhörst, du siehst mich, weil du mich anschaust, und du begreifst mich, weil ich dir wichtig bin." Er musste sich räuspern und über die Augen wischen. „Du bist mein Anker, meine Welt, mein Halt, und ich will, dass du weißt, dass ich das auch für dich bin. Deine Stütze, die das alles mit dir durchsteht."

Er trat vom Mikrofon zurück, und die Anwesenden sprangen erneut von den Stühlen und applaudierten, während seiner Mom genauso wie ihm die Tränen über die Wangen liefen.

Sie trat zu ihm auf die Bühne und nahm ihn in den Arm.

Wie lange sie dort standen, wusste Dilan nicht, doch irgendwann lösten sie sich voneinander, und erst, als er an seinem Platz angekommen war, bemerkte Dilan, dass seine Mutter noch oben auf der Bühne stand.

„Ich wollte auch noch etwas sagen", sprach sie in das Mikrofon, und augenblicklich wurde es still. „Zunächst möchte ich euch allen danken. Dass ihr hier seid, mich unterstützen wollt – das bedeutet mir sehr viel!" Sie wartete den Beifall ab. „Dann meinem Sohn Dilan. Danke, dass du das alles ins Rollen gebracht hast und für deine Worte." Sie räusperte sich. „Ich hoffe, ich konnte dir wirklich etwas beibringen und mit auf den Weg geben. Eine Sache jedoch bedaure ich zutiefst. Vor einigen Wochen führten wir ein Gespräch, in dem du mir etwas Wunderbares erzählt hast." Sie schluckte, sah kurz zu Boden und dann wieder Dilan in die Augen. „Der Rat, den ich dir gegeben habe, war nicht nur falsch, ich bin dabei sogar meiner eigenen Feigheit gefolgt. Deshalb sage ich dir heute: Lass uns mutig sein. Wann immer du dich dazu bereit fühlst."

Dieses Mal erklang nur vereinzelt Applaus, und die Zuschauer blickten einander ratlos an.

Dilan ergriff Colins Hand und war froh, dass der sich nicht widersetzte, sondern mit ihm auf die Bühne trat.

„Meine Mom hat recht", sagte Dilan ins Mikro. „Gerade habe ich also wieder etwas Neues gelernt." Er sah zu Colin. „Ich habe einen wunderbaren Mann kennengelernt, der mir nicht nur geholfen hat, das Schwimmstipendium für das Austin College zu bekommen, sondern den ich auch liebe."

Einen Augenblick herrschte vollkommene Stille, dann sprang Tyler auf, der mitten im Publikum saß, und klatschte. Und tatsächlich setzten die übrigen Anwesenden nach und nach ein.

Und obwohl Dilan wusste, dass es dennoch Sprüche geben würde und Leute, die ihn und Colin seltsam oder sogar krank fanden, fiel zum ersten Mal der Felsbrocken ab, der seit Wochen, Monaten, ja sogar Jahren auf seinem Herz gelastet hatte. Und als er erst seine Mom umarmte und dann Colin küsste, fühlte er sich dabei frei.

„Das hätte ich euch nicht zugetraut. Bin sehr stolz auf euch", sagte Tyler, der zum Rand der Bühne gekommen war und sie dort erwartete.

„Es ist zumindest ein erster Schritt", sagte Dilan.

„Aber hallo." Tyler legte ihm den Arm um die Schultern. „Im Ernst. Das war sehr mutig und hat definitiv für Sichtbarkeit gesorgt."

„Auch ich bin stolz auf euch!" Matt stand vor ihnen und sah von einem zum anderen. „Nicht nur, dass ich das Privileg hatte, drei besonders talentierte Jungen zu trainieren, sondern dass ich dabei sein durfte, wie sie zu aufrechten, loyalen und tapferen Männern wurden. Jeder von euch hat sich meinen Respekt verdient. Vergesst niemals, wer ihr seid und wer ihr sein könnt."

Sie unterhielten sich noch ein wenig miteinander und auch mit den anderen Zuschauern, die nach und nach zu ihm, seiner Mom und Colin kamen, um Judie Genesungswünsche, aber auch ihm und Dilan Glückwünsche auszusprechen.

Schließlich tippte Judie Colin an die Schulter und wies zum Ende des Ganges zwischen den Stuhlreihen.

Auch Dilans Blick folgte dem Fingerzeig, und er benötigte einen Augenblick, um die gebeugt dastehende Frau zwischen anderen Gästen auszumachen. Es war Colins Mutter.

„Ich glaube, da möchte jemand mit dir sprechen", sagte Judie an Colin gewandt.

„Woher wusstest du das?", fragte Dilan seine Mom, während sie Colin nachsahen.

„Es könnte sein, dass jemand mit ihr gesprochen hat. Von Mutter zu Mutter."

„Deshalb bist du vorhin weg. Du warst bei Colin zu Hause?"

Seine Mom nickte.

„Was hast du gesagt?"

„Ich bin mit Sicherheit nicht die weiseste Frau oder beste Mutter auf diesem Planeten, aber ich höre auf mein Herz, und das ist selten verkehrt." Sie legte ihren Arm um Dilan. „In den seltensten Fällen liegt es daran, dass unser Herz was Falsches sagt, sondern wir nicht zuhören wollen. Ich denke, Nancy, Colins Mom, hat das verstanden, und ich bin mir sicher, dass sein Dad sich auch nicht mehr lange taub stellen kann."

Sie beobachteten, wie Colin seine Mutter in den Arm nahm, und als Dilan und seine Mom dann einander ansahen, wussten sie, dass es dieses Glück nur selten gibt: einen Menschen zu haben, der einen wirklich sieht und kennenlernen will.

Und das jeden Tag aufs Neue.